Karl Olsberg

Das Dorf

Band 4: Das Ende

Published by Karl Olsberg
c/o Briends GmbH, 22041 Hamburg
www.karlolsberg.de

Für meine erste Testleserin,
wichtigste Kritikerin, beste Köchin
und nie versiegende Quelle der Inspiration.
Happy Birthday!

Minecraft Seed für das Dorf: 100200300400500

Erkunde selbst das kleine Dorf am Rand der Schlucht und die Welt darum herum! Das ist ganz einfach (Anleitung für die PC-Version):

1. Starte Minecraft
2. Wähle „Einzelspieler“
3. Klicke auf „Neue Welt erstellen“
4. Wähle einen Namen für deine Welt, z.B. „Das Dorf“
5. Klicke auf „Weitere Weltoptionen ...“
6. Gib in das Fenster „Startwert für den Weltgenerator“ den Wert 100200300400500 ein.
7. Klicke auf „Neue Welt erstellen“.

Du spawnst am Hang eines Bergs. Steige hinab in die Ebene zu deinen Füßen und wende dich nach links, dann kommst du bald an ein Dorf, das an einer Schlucht liegt. Dies ist das Dorf, in dem die vorliegende Geschichte spielt. Natürlich verhalten sich nicht alle Bewohner im Spiel genauso wie in meiner Geschichte, aber die Welt, die ich beschreibe, ist genau die, durch die du wanderst. Am Ende dieses Buches findest du weitere Hinweise, wie du die Schauplätze dieser Geschichte erkunden kannst. Viel Spaß dabei!

Hinweis: Dieser Seed generiert die Welt von „Das Dorf“ leider nur in der PC-Version. Als ich diese Geschichte schrieb, war die aktuelle Minecraft-Version 1.8.1. Es ist möglich, dass in späteren Minecraft-Versionen der Seed 100200300400500 auch auf dem PC eine andere Welt generiert als die beschriebene. In diesem Fall musst du eine frühere Version (z.B. 1.8.1) installieren, wenn du die Welt des Dorfs erkunden willst.

1. Der Schattenmann

„Also, ich erklär's nochmal", sagt Primo. „Du musst den Schädel nicht in unser Tor schießen, sondern in das der anderen Mannschaft!"

„Ach so! Sag das doch gleich!" Hakun, der Fleischer, nimmt den Schädel des Knochenmanns, den er zwischen die beiden Fackeln auf einer Seite der Wiese an der Schlucht gekickt hatte, und reicht ihn Primo.

„Dann zählt das Tor aber für uns!", ruft Olum, der Fischer.

„Überhaupt nicht!", widerspricht Hakun. „Ich hab es schließlich geschossen, nicht du."

„Es ist egal, wer den Schädel zuletzt berührt hat. Wichtig ist nur, dass er zwischen die beiden Fackeln auf eurer Seite gerollt ist. Das Tor zählt!"

„Tut es nicht!"

„Tut es doch!"

„Primo, sag ihm, dass das Tor nicht zählt!"

„Was Primo sagt, gilt nicht", wendet Olum ein. „Er ist in eurer Mannschaft. Wir sollten abstimmen."

„Also gut. Wer ist dafür, dass das Tor zählt?"

Die Spieler von Olums Mannschaft – außer ihm noch Kolle sowie die Bauern Bendo und Kaus – stimmen dafür, die des anderen Teams – neben Primo und Hakun spielen Willert und Primos Vater Porgo – sind dagegen.

„So geht das nicht“, sagt Primo. „Wir brauchen jemanden, der neutral ist und solche Fragen entscheiden kann.“

„Margi kann das machen“, schlägt Kolle vor. Er wirft einen Blick zu seiner Freundin, die mit den anderen Mädchen und Frauen aus dem Dorf am Rand des Spielfelds steht und dem Spektakel zuschaut.

„Kommt gar nicht infrage!“, protestiert Hakun. „Margi ist deine Freundin. Und außerdem verstehen Frauen nichts von Fußschädel.“

Nun erhebt sich Unmut von den Zuschauerrängen. Margi und Ruuna fordern lautstark, dass auch weibliche Spieler bei diesem neuen Wettkampf zugelassen werden. Magolus, der das Spiel ebenfalls als Zuschauer verfolgt, lehnt diese Forderung jedoch vehement ab, Notch Frauen nicht für dieses „grobe Herumgekicke“ geschaffen habe.

„Vielleicht könnte Magolus der Schiedsrichter sein“, schlägt Primo vor. „Er ist jedenfalls unparteiisch.“

„Glaubst du vielleicht, die Spielregeln für Fußschädel stehen im Heiligen Buch?“, meint Olum.

„Lästere nicht über die Worte des Schöpfers!“, ermahnt ihn Magolus. „Das Heilige Buch liefert die Antwort auf alle Fragen!“

„Na schön. Also zählt das Tor jetzt oder zählt es nicht?“

„Tor?“, fragt der Priester. „Wo ist denn hier ein Tor? Ich sehe keins.“

Primo seufzt. „Ich schlage vor, wir fangen das Spiel noch mal von vorn an.“

Darauf können sich schließlich alle einigen. Primo gibt Golina den Schädel und bittet sie, ihn in die Mitte des Spielfelds zu werfen. Sie scheint sich allerdings über diese besondere Ehre nicht sehr zu freuen, denn sie macht ein angewidertes Gesicht.

„Ich weiß nicht“, meint sie. „Das ist immerhin der Kopf eines Knochenmanns. Irgendwie kommt es mir respektlos vor, ihn mit Füßen zu treten.“

„Sollen wir lieber das Ei nehmen, das ich dir geschenkt habe?“, fragt Primo leicht irritiert.

Sie weicht seinem Blick aus. „Nein.“

Lustlos schleudert sie den Schädel zwischen die Spieler. Bevor er auf das Spielfeld zurückläuft, wirft Primo ihr einen sorgenvollen Blick zu.

Nach seiner und Kolles Rückkehr aus dem Nether vor einigen Tagen schien Golina zunächst überglücklich. Sie war froh, dass Primo unverletzt war und ihr den Streich, den sie ihm gespielt hatte und den er fast mit dem Leben bezahlt hätte, nicht übel nahm. Doch in letzter Zeit kam sie ihm zunehmend schweigsam vor, schlecht gelaunt und mürrisch, so als schliefe sie schlecht.

Als er sie schließlich fragte, was sie bedrücke, sagte sie nur: „Es ist nichts."

Gestern Abend sprach Primo mit seinem Vater darüber, doch der winkte ab. „Mach dir keine Sorgen, Primo. Frauen sind manchmal etwas launisch, das ist ganz normal."

„Aber was, wenn sie mich nicht mehr liebt?"

Sein Vater lachte. „Warum sollte sie dich nicht mehr lieben? Ihr seid doch kaum zwei Wochen befreundet, und vor kurzem wolltest du sie sogar noch heiraten."

„Ich weiß nicht. Kolle ist viel stärker als ich, und ..."

„Du grübelst zu viel, mein Sohn. Ich bin sicher, Golinas Verstimmung hat einen einfachen Grund. Vielleicht hat sie Ärger mit ihren Eltern, oder sie hat etwas gegessen, das ihr nicht bekommen ist. Du wirst sehen, bald geht es ihr besser, und ihr seid wieder glücklich wie zuvor." Er lächelte, als beneide er Primo darum.

Heute allerdings scheint es Golina immer noch nicht gut zu gehen. Im Gegenteil: Sie ist noch schweigsamer, und ihre Augen sehen gerötet und glasig aus.

„He, Primo, spielst du mit, oder stehst du nur rum und träumst?“, ruft Willert, der das Tor auf ihrer Seite bewacht.

„Was? Ach so, ja, Entschuldigung.“ Primo zwingt sich, den Blick von Golina abzuwenden, und konzentriert sich auf das Geschehen auf dem Spielfeld. Gerade kommt Olum angerannt und kickt den Schädel in Primos Richtung. Der will danach treten, doch der eckige Skelettkopf kollert in wilden Sprüngen über die Wiese, und Primo verfehlt ihn. Olum kickt den Schädel weiter und schlängelt sich an Primo und Porgo vorbei.

Ein Tritt, und der Schädel fliegt auf das Tor zu. Der Schuss des Fischers ist nicht besonders kräftig, so dass es für Willert eigentlich ein Leichtes sein müsste, ihn mit den Händen abzuwehren. Doch stattdessen steht der Einsiedler mit offenem Mund reglos da.

„Wer träumt denn jetzt hier?“, ruft Primo. Dann erst fällt ihm auf, dass niemand über das Tor jubelt. Stattdessen ist es auf einmal ganz still.

Mit einem komischen Gefühl im Bauch dreht sich Primo langsam um. Erschrocken starrt er die Gestalt an, die unvermittelt neben dem Spielfeld aufgetaucht ist: hochgewachsen und dürr, mit seltsamen, viel zu langen Armen und Beinen und einem nasenlosen Gesicht, in dem zwei Augen purpurn leuchten.

„Seht ihm nicht in die Augen!“, ruft Magolus.

Die Warnung ist unnötig: Jeder im Dorf weiß, wie man sich gegenüber einem Schattenmann zu verhalten hat. Sie sind zwar nicht so häufig wie Nachtwandler und Knochenmänner, doch hin und wieder taucht einer von ihnen nachts in der Gegend auf. Noch nie allerdings hat sich ein Schattenmann am hellen Tag in der Nähe des Dorfs gezeigt.

„Verschwinde, Dämon!“, ruft Magolus. Die Stimme des Priesters zittert leicht. Er macht mit den Armen das Zeichen des Heiligen Würfels. „Kehre zurück in den Abgrund, aus dem du entstiegen bist! Du hast hier keine Macht!“

Der Schattenmann stößt ein seltsames Geräusch aus. Es klingt fast wie eine heisere Stimme, die Worte in einer unbekannten Sprache spricht.

Ein bedrücktes Schweigen breitet sich aus, während alle darauf warten, dass die Gestalt wieder verschwindet. Primo hört Golina leise schluchzen. Er möchte zu ihr gehen und sie trösten, doch er wagt es nicht, sich zu rühren. Schattenmänner sind normalerweise nicht aggressiv. Doch wer in ihre Augen blickt, dem rauben sie die Seele, das ist allgemein bekannt. Also sind die Blicke aller Anwesenden auf den Boden gerichtet.

Erneut stößt das Wesen seine seltsamen Laute aus, und Primo verspürt auf einmal das dringende

Bedürfnis, aufzublicken und in die leuchtenden Augen zu schauen. Nur mit größter Mühe kann er sich selbst daran hindern.

Ein zischender Laut erklingt, nicht unähnlich den Geräuschen, die das Netherportal gemacht hat. Als Primo aufblickt, sind an der Stelle, an der das unheimliche Wesen eben noch stand, nur ein paar violette Funken zu sehen, die in der Luft tanzen und sich rasch auflösen.

„Wir danken Notch dafür, dass er mir die Kraft gab, den Dämon zu vertreiben!", ruft Magolus aus. Primo allerdings bezweifelt, dass der Priester tatsächlich die Ursache dafür ist, dass der Schattenmann verschwand.

Golina weint jetzt hemmungslos. Primo läuft zu ihr und nimmt sie in den Arm.

„Ist ja schon gut! Er ist ja wieder weg!", tröstet er sie. Doch sie scheint sich kaum beruhigen zu können.

„Was ist jetzt?", fragt Olum. „Machen wir weiter oder nicht?"

Niemand scheint allerdings mehr rechte Lust zu haben, das Spiel fortzusetzen.

„Jedenfalls haben wir gewonnen!", sagt der Fischer störrisch, doch auch das scheint niemanden zu interessieren. Der Schädel bleibt einsam auf dem Feld zurück, als die von der unvermuteten

Begegnung mit dem Schattenmann verstörten Dorfbewohner zu ihren Häusern zurückkehren.

Primo und die immer noch leise schluchzende Golina gehen Arm in Arm hinter Porgo, Willert und Ruuna, die sich über das Ereignis unterhalten.

„Hast du schon jemals erlebt, dass ein Enderman am hellen Tag erschienen ist?“, fragt Primos Vater. Primo wundert sich ein wenig, dass er den Begriff der Fremden für das Wesen benutzt und nicht das im Dorf übliche Wort Schattenmann.

„Nein. Normalerweise verschwinden sie bei Tagesanbruch“, erwidert Willert.

„Meinst du, das hat was zu bedeuten?“

„Klar hat das was zu bedeuten!“, meint Ruuna. „Endermen tun nie etwas ohne Grund.“

„Und was?“, fragt Porgo.

„Ich weiß es nicht“, erwidert die Hexe. „Wir hätten ihn vielleicht fragen sollen.“

„Und wie willst du einen Enderman fragen?“, will Primos Vater wissen. „Sprichst du etwa ihre Sprache?“

„Nein“, gibt Ruuna zu. „Aber fragen kann man ja trotzdem, oder?“

Porgo schüttelt den Kopf über diese Antwort.

„Vielleicht hat es was mit dem Ei zu tun“, spekuliert Willert. Golina versteift sich bei diesen Worten in Primos Arm.

„Mit dem Ei? Wie kommst du darauf?“, fragt Porgo.

„Nur so ein Gefühl“, meint Willert. „Wir wissen immer noch nicht, was das für ein Ei ist. Jedenfalls glaube ich nicht, dass es Zufall ist, dass so kurz, nachdem das Ei in unser Dorf kam, ein Enderman auftaucht.“

„Ich muss dir etwas erzählen“, flüstert Golina Primo ins Ohr.

Er sieht sie überrascht an. „Was denn?“

„Nicht hier. Lass uns ein Stück spazieren gehen, ja?“

„Gut.“ Sie gehen weiter durch das Dorf zur östlichen Wiese und dem Ufer des Flusses, der das Dorf umgibt.

„Ich ... ich habe von ihm geträumt“, sagt Golina, als sie allein sind.

„Von wem?“

„Von dem Schattenmann.“

„Und jetzt denkst du, dass er deinetwegen aufgetaucht ist?“ Primo lacht.

Golina stößt ihn von sich. „Du findest das auch noch witzig?“

Primo merkt, dass er sie verärgert hat. „Nein, äh ... ich meine ... ich glaube bloß nicht, dass ...“, stottert er.

„Ich hatte diesen Traum jede Nacht, seit das Ei neben meinem Bett steht."

„Das tut mir leid. Golina, wenn du das Ei nicht magst, ich meine, wenn du Alpträume davon bekommst, dann …"

„Das sind keine Alpträume!", sagt sie energisch. „Er hat mit mir gesprochen."

„Der Schattenmann in deinem Traum?"

„Ja. Er hat dieselben komischen Geräusche gemacht wie vorhin. Aber ich konnte seine Worte verstehen."

„Und was hat er gesagt?"

„Dass das Ei zurück an seinen Ursprungsort muss. Dass sonst schreckliches Unheil über unser Dorf und über die ganze Welt kommen wird."

„Über die ganze Welt? Golina, ich weiß, du hast schreckliche Angst gehabt, als ich mit Kolle im Nether war. Und das Ei ist zugegebenermaßen auch nicht besonders hübsch. Es ist kein Wunder, dass du Alpträume hast."

„Du glaubst mir also nicht?"

„Doch, natürlich glaube ich dir, dass du das geträumt hast. Aber es ist eben genau das: nur ein Traum. Ich hab mal geträumt, ich könnte fliegen. Ich bin über dem Dorf herumgeflattert, und plötzlich bin ich abgestürzt, und da bin ich aufgewacht und lag neben meinem Bett. Träume können manchmal sehr real wirken. Aber es sind trotzdem bloß Träume."

„Und was ist mit dem Schattenmann? Meinst du, es ist Zufall, dass er genau jetzt auftaucht? Willert glaubt das auch nicht."

„Ich weiß nicht, warum er gekommen ist. Aber wir müssen vor den Schattenmännern keine Angst haben. Solange wir ihnen nicht in die Augen sehen, passiert uns nichts."

„Das weiß ich. Aber vielleicht war er nicht da, um uns die Seelen wegzunehmen. Vielleicht wollte er uns etwas sagen."

„Hast du denn verstanden, was er gesagt hat?"

„Nein."

„Da siehst du es. Das ist der Beweis: Wenn der Traum mehr wäre als ein gewöhnlicher Alptraum und es wirklich derselbe Schattenmann gewesen wäre, von dem du geträumt hast, dann hätte er doch auch vorhin unsere Sprache sprechen müssen, oder?"

Golina sieht nicht so aus, als ob sie Primos Logik überzeugend findet, doch sie schweigt.

„Was hältst du davon, wenn wir ins Dorf zurückkehren und Willert von deinen Traum erzählen? Er wird dir bestimmt dasselbe sagen wie ich."

„Wenn du meinst", sagt Golina. Doch sie klingt skeptisch.

2. Der Angriff

Kurz darauf sind Primo, Golina, Porgo, Willert, Ruuna, Margi und Kolle in Porgos Schmiede versammelt.

„Hat er gesagt, wohin das Ei zurückkehren muss?“, fragt Willert, nachdem Golina noch einmal berichtet hat, was sie Primo erzählte.

„Nein. Er hat nur gesagt, ‚an seinen Ursprungsort‘. Oder jedenfalls ist es das, was ich verstanden habe.“

„Du glaubst doch nicht etwa, dass der Traum etwas mit dem Auftauchen des Schattenmanns heute zu tun hat?“, fragt Primo.

„Ich weiß es nicht“, sagt Willert. „Aber wir können diese Möglichkeit nicht ausschließen.“

„Nicht ausschließen?“, schaltet sich Ruuna ein. „So ein Blödsinn! Natürlich hat das was miteinander zu tun, das ist doch so klar wie Sumpfwasser! Endermen tun nie etwas ohne Grund.“

„Nachtwandler tun auch nie etwas ohne Grund“, wirft Primo ein. „Ebenso wenig wie Hühner.“

„Eben!“, stimmt Ruuna zu.

„Wir wissen nicht, ob Golinas Traum eine reale Bedeutung hat“, stellt Porgo fest. „Aber selbst wenn wir das wüssten, was könnten wir tun? Wir kennen weder den Ursprungsort dieses Eis, noch haben wir eine Ahnung, wie wir es dorthin zurückbringen könnten."

„Primo hat es aus dem Nether geholt", meint Margi. „Vielleicht muss es wieder dorthin zurück."

„Das glaube ich nicht", widerspricht Primo, der wenig Lust verspürt, noch einmal an diesen schrecklich heißen Ort zurückzukehren. „Der Fremde hat das Ei anscheinend in den Nether gebracht."

„Vielleicht sollten wir es dann dem Fremden zurückgeben", schlägt Porgo vor.

„Der Fremde ist tot, Vater!", entgegnet Primo. „Er ist im Nether in die Lava gestürzt."

„Die Fremden sterben nicht", widerspricht Willert. „Jedenfalls nicht für immer. Wenn sie getötet werden, dann verschwinden sie aus unserer Welt und kehren in ihre eigene zurück. Aber sie können jederzeit wieder herkommen, wann immer sie es wollen."

„Selbst wenn", meint Kolle. „Wir wissen nicht, wo der Fremde ist. Entweder, er ist in seiner eigenen Welt geblieben, oder er ist an irgendeinem unbekannten Ort in unserer Welt. Auf jeden Fall können wir ihm das Ei nicht geben, solange er nicht von allein wieder zu uns kommt."

„Das kann lange dauern", meint Willert. „Ich weiß nicht, ob wir es uns erlauben können, darauf zu warten."

„Was der Schattenmann gesagt hat, klang für mich wie eine Warnung“, sagt Golina. „Es hat sich so angehört, als wäre es dringend.“

„Was sollen wir tun?“, fragt Margi. „Das Ei in die Schlucht werfen? Oder in den Abgrund unter dem Dorf, den Primo und Kolle gefunden haben?“

„Ich könnte versuchen, es wegzuzaubern“, schlägt Ruuna vor.

Erschrocken reden die anderen alle gleichzeitig auf sie ein und versuchen, ihr diese Idee auszutreiben. Ruunas Hexereien haben nur selten den beabsichtigten Effekt, dafür aber oft unvorhersehbare Nebenwirkungen.

„Na schön, dann eben nicht!“, sagt die Hexe beleidigt.

„Nein!“ Golina schüttelt energisch den Kopf. „Die Anweisung des Schattenmanns lautete: Das Ei muss an seinen Ursprungsort zurückgebracht werden. Alles andere würde die Sache wahrscheinlich nur noch schlimmer machen.“

„Dann können wir nichts tun“, stellt Primo fest. „Mein Vater hat recht: Wir kennen den Ursprungsort des Eis nicht, also können wir es auch nicht dorthin zurückbringen.“

„Ich habe einen Verdacht, wo das Ei herkommt“, wirft Willert ein. „Aber dorthin zurückbringen können wir es trotzdem nicht.“

„Und woher, denkst du, kommt das Ei?“, fragt Porgo.

„Wenn ich recht habe, dann ist das ein Enderdrachenei“, sagt Willert. „Das heißt, es stammt aus dem Ende.“

Einen Moment lang sagt niemand etwas.

„Du glaubst, die Legenden sind wahr?“, fragt Porgo.

„Das werden wir wohl niemals herausfinden“, meint Willert. „Denn es ist unmöglich, ins Ende zu gelangen. Jedenfalls für uns. Die Fremden können das angeblich.“

„Damit wären wir wieder am Ausgangspunkt angelangt“, stellt Margi fest. „Wir können nichts tun, außer darauf zu warten, dass der Fremde zurückkehrt, und ihm das Ei zu geben, damit er es dorthin zurückbringt, wo er es hergeholt hat.“

„Ich finde ja immer noch, ich sollte es einfach wegzaubern“, grummelt Ruuna, doch niemand geht darauf ein.

„Also gut, dann ist es eben so“, stellt Willert fest. „Wir müssen einfach abwarten.“

„Eine Bitte hätte ich“, sagt Golina. „Das Ei ... können wir es vielleicht woanders hinbringen? Ich schlafe schlecht in seiner Nähe.“

„Und wohin?“, fragt Margi.

„Wir könnten es in unsere Hütte im Wald mitnehmen“, schlägt Ruuna vor.

Willert macht ein erschrockenes Gesicht. Wahrscheinlich befürchtet er, dass die Hexe heimlich an dem Ei herumzaubern wird, wenn er gerade nicht hinguckt.

„Nein“, widerspricht Porgo. „Wenn dieses Ei tatsächlich so bedeutend ist, dann sollten wir besser gut darauf aufpassen, bis der Fremde wiederkommt. Wir bringen es hierher. Primo und ich werden es bewachen.“

Golina wirkt sehr erleichtert.

„Klar, das machen wir!“, bekräftigt Primo. „Wir werden mit diesem dummen Ding schon fertig!“

Also ist es beschlossen. Primo geht mit Golina zum Haus ihrer Eltern und nimmt das Ei mit.

Zum Abschied gibt sie ihm einen Kuss. „Danke!“, sagt sie. „Und sei bitte vorsichtig!“

„Ach was!“, meint Primo. „Was soll schon passieren? Das ist bloß ein Ei!“

Doch ein etwas mulmiges Gefühl hat er trotzdem, als er das unförmige Objekt in die Schmiede trägt und neben seinem Bett platziert.

An diesem Abend kann Primo nicht einschlafen. Während er das Ei am Fuß seines Bettes betrachtet, gehen ihm immer wieder das rätselhafte Erscheinen des Endermans und Golinas Schilderung ihres

Traums durch den Kopf. Gibt es da tatsächlich einen Zusammenhang? Stammt das Ei wirklich von jenem mystischen Ort, um den sich so viele Legenden ranken? Primo hatte bisher seine Zweifel, dass es das Ende tatsächlich gibt, so wie er auch nicht wirklich daran glaubt, dass ein Schöpfer namens Notch existiert. Wie sollte denn auch ein einzelnes Wesen, egal wie groß und klug es ist, eine ganze Welt erschaffen können?

Andererseits hat er auch nicht an die Existenz des Nether geglaubt, bis er mit Kolle tatsächlich dort war. Und irgendwoher muss dieses rätselhafte Ei ja kommen.

Ein langgezogenes *Unngh* ist zu hören. Doch das Stöhnen der Nachtwandler, die draußen um das Dorf herumstreichen, beunruhigt Primo nicht sonderlich. Schließlich hört er es jede Nacht, und hinter verschlossenen Türen ist man vor den Monstern sicher.

Ob Endermen tatsächlich eine eigene Sprache haben? Primo glaubt immer noch nicht recht daran, dass Golinas Traum eine tiefere Bedeutung hat, aber die Geräusche, die diese Wesen machen, klingen wirklich ein wenig wie Worte. Doch worüber sollten sie sich unterhalten wollen? Woher kommen sie überhaupt? Was tun sie, wenn sie nachts in der Dunkelheit herumschleichen? Manchmal tragen sie

Blöcke umher, als wollten sie daraus etwas bauen, aber Primo hat noch nie von einem von Endermen errichteten Bauwerk gehört.

Ein lautes Klopfen ertönt von draußen. Primo schreckt hoch. Was war das? Er lauscht, doch es ist nur das Stöhnen der Nachtwandler und das leisere Klackern der Knochenmänner zu hören. Es scheinen allerdings heute Nacht mehr zu sein als gewöhnlich.

Er betrachtet das Ei. Zum ersten Mal kommen ihm Zweifel, ob er es nicht doch besser oben auf dem Berg hätte zurücklassen sollen, nachdem es Dau durch das Netherportal dorthin gekickt hatte. Vielleicht hatte Kolle recht: Das Ei hat den Zombie-Pigmen nicht viel Glück gebracht, und dem Fremden anscheinend auch nicht. Vielleicht ist es sogar verflucht.

Primo schüttelt über sich selbst den Kopf. Das ist nichts als Aberglaube! Die Zombie-Pigmen haben das Ei für heilig gehalten und deshalb untereinander Krieg geführt, doch in Wirklichkeit ist es ein nutzloser Gegenstand, um den sie sich gestritten haben. Es taugt höchstens dazu, es in einem freundschaftlichen Wettkampf hin und her zu kicken. Er nimmt sich vor, beim nächsten Fußschädel-Spiel statt des Knochenmannschädels das Ei zu benutzen, auch wenn er die Sportart dann in „Fußei" umbenennen muss. So wird vielleicht auch

Golina ihre Angst vor dem dummen Ding verlieren. Es war auf jeden Fall ein Fehler, es ihr zu schenken. Sie ist immerhin ein Mädchen, und da ist es kein Wunder, wenn sie seltsame Träume bekommt und unbegründete Angst vor dem Ei hat.

Wieder ertönt ein lautes Klopfen. Kurz darauf folgt ein spitzer Schrei. Das Stöhnen der Monster draußen scheint lauter und vielstimmiger geworden zu sein. Erschrocken springt Primo aus dem Bett und eilt zum Fenster. Als er hinausschaut, blickt er direkt in das grünliche Gesicht eines Nachtwandlers, der von draußen hereinstarrt, als suche er etwas.

„Vater!“, ruft Primo. „Vater, wach auf! Schnell! Das ganze Dorf ist voll von Nachtwandlern und Knochenmännern!“

Kaum hat er das gesagt, klopft der Nachtwandler, der eben noch durch das Fenster geschaut hat, laut an die Tür.

„Verschwinde, du Scheusal!“, ruft Primo und zieht sein Schwert.

Sein Vater taucht hinter ihm auf, den großen Schmiedehammer in der Hand.

„Schon wieder ein Angriff?“, fragt er.

Tatsächlich erinnert die Menge der Monster an den Angriff der Nachtwandler, als der Fremde zum ersten Mal auftauchte. Das Pochen an der Tür wird lauter. Von draußen hört man immer mehr erschrockene Schreie.

„Ich weiß es nicht“, sagt Primo. „Vielleicht verschwinden sie ja wieder.“

„Das glaube ich nicht“, meint Porgo. „Erst der Enderman und nun diese Monsterflut, das kann kaum ein Zufall sein. Ich fürchte, Golinas nächtliches Erlebnis war doch mehr als ein gewöhnlicher Alptraum.“

„Was machen wir jetzt? Was, wenn sie wieder die Türen einschlagen, so wie letztes Mal?“

„Das glaube ich nicht“, sagt Porgo. „Lass uns erst mal abwarten, bis sie ...“ Doch in diesem Moment hört man das Splittern von Holz, dann einen spitzen Schrei. Er kam aus dem Nachbarhaus.

„Golina!“, schreit Primo.

„Nicht!“, ruft Porgo.

Doch Primo ignoriert seinen Vater. Er reißt die Tür auf und stößt dem Nachtwandler das Schwert in den Bauch. Das Monster stöhnt auf. Mit Unterstützung von Porgo ist es schnell besiegt, doch die Straße ist voll von ihnen. Gemeinsam kämpfen sich Vater und Sohn einen Weg durch die Grünhäutigen. Aus dem Augenwinkel sieht Primo eine blasse Gestalt, die einen Bogen spannt.

„Duck dich!“, ruft er. Keine Sekunde zu früh. Der Pfeil zischt dicht über Porgo hinweg und trifft einen Nachtwandler, der von der anderen Seite angreift.

„Ihr Mistkerle! Habt ihr immer noch nicht genug?“, ruft eine vertraute Stimme von links. Im selben Moment fliegt ein Nachtwandler durch die Luft.

„Kolle! Notch sei Dank!“, ruft Primo. „Er wird es diesen Monstern schon zeigen!“

„Ich fürchte, es sind zu viele, selbst für ihn!“, meint Porgo.

Primo will lieber nicht darüber nachdenken, was das bedeutet. Er konzentriert sich darauf, sich zum Haus von Golinas Vater Bendo durchzukämpfen. Als er endlich die eingeschlagene Tür erreicht, sind von drinnen Kampfgeräusche zu hören. Voller Angst um seine Freundin stürmt Primo ins Haus, dicht gefolgt von seinem Vater.

Gleich drei Nachtwandler befinden sich im Inneren und bedrängen die Bewohner. Mit Fackeln wehren diese die Angreifer tapfer ab, so gut es geht. Primo und Porgo haben keine große Mühe, zwei der Monster von hinten auszuschalten, und erledigen kurz darauf mit vereinten Kräften das Dritte.

Erleichtert nimmt Primo seine Freundin in den Arm. „Bist du verletzt?“

Sie schüttelt den Kopf, doch sie wirkt blass. Primo hat allerdings keine Zeit, sich weiter um sie zu kümmern, denn schon kommen durch die zerbrochene Tür neue Nachtwandler herein. Porgo und Primo drängen sie zurück und kämpfen sich den Weg zurück auf die Straße frei.

Als Primo aus dem Haus tritt, verlässt ihn aller Mut. Es sind nicht etwa weniger Monster geworden, seit der Angriff begann, sondern noch mehr. Sie füllen die Straße des Dorfs, so dass sie sich selbst kaum noch bewegen können.

„Bei Notch!“, ruft Porgo aus. „Gegen diese Übermacht können wir nichts ausrichten! Und Willert und der Fremde sind nicht da, um uns zu helfen.“

„Sieh mal dort, bei der Kirche!“, ruft Primo, während er den Angriff eines Nachtwandlers abwehrt. Er hat eine schwarze Gestalt entdeckt, die inmitten der Monsterhorde steht und den Kopf hin und her dreht. Es sieht beinahe so aus, als ob ...

„Der Enderman scheint der Anführer der Monster zu sein“, spricht sein Vater Primos Gedanken aus. „Von so etwas habe ich noch nie gehört.“

„Meinst du, er ist wegen des Eis hier?“, fragt Primo, dessen Kraft allmählich erlahmt, während er immer wieder mit dem Schwert auf die angreifenden Monster eindrischt.

„Vielleicht." Auch sein Vater ist außer Atem vor Anstrengung.

„Wir könnten es ihm einfach geben. Vielleicht ziehen sie dann ab."

„Dazu müssten wir erst mal zurück in unser Haus kommen. Außerdem habe ich kein gutes Gefühl dabei. Dieser Enderman wirkt irgendwie böse."

Als hätte die unheimliche Gestalt diese Aussage gehört, ruckt ihr Kopf in Primos Richtung. Gerade noch rechtzeitig weicht er dem Blick der leuchtenden Augen aus. Über das Stöhnen der Nachtwandler hinweg kann er die rätselhafte Stimme des Schattenmanns deutlich hören.

„Es hat keinen Zweck", ruft Porgo. „Wir müssen uns ins Haus zurückziehen und versuchen, den Eingang irgendwie zu verbarrikadieren. Vielleicht halten wir bis zum Sonnenaufgang durch." Es klingt nicht so, als glaube er daran.

Doch in diesem Moment geschieht etwas Unheimliches: Mitten zwischen den Nachtwandlern taucht plötzlich ein weiterer Schattenmann auf, dann noch einer und noch einer. Im Nu hat sich ein Dutzend der schwarzen Gestalten materialisiert.

„Bei Notch, jetzt kommen noch mehr von ihnen!", ruft Primo verzweifelt. „Wie sollen wir mit denen fertig werden? Das ist ..."

Er stockt, als er sieht, was die Endermen tun: Statt der Dorfbewohner greifen sie die Nachtwandler an! Mit ihren langen Armen schlagen sie nach den grünhäutigen Monstern. Die Getroffenen lösen sich oft bereits beim ersten Schlag auf. Diejenigen, die nicht in Reichweite der unheimlichen schwarzen Gestalten sind, ergreifen die Flucht. Schon nach kurzer Zeit ist das Dorf wie leergefegt. Nur die Endermen sind noch da. Sie umringen den einen, der neben der Kirche stand und anscheinend die Monsterarmee befehligte.

„Was zum Nether geht da vor?“, fragt Porgo.

Golina drückt sich an Primo, um hinaus auf die Straße zu sehen. Er legt schützend den Arm um sie.

„Das ... ist unheimlich!“, flüstert sie.

Die Endermen scheinen in ihrer fremdartigen Sprache miteinander zu reden. Der in der Mitte stößt laute, wütende Schreie aus, dann verschwindet er plötzlich. Nur ein paar violette Funken bleiben zurück und lösen sich rasch auf.

Einer nach dem anderen lösen sich auch die übrigen Endermen auf, bis nur noch einer von ihnen übrig ist. Er blickt sich im Dorf um, als suche er etwas. Plötzlich dreht er sich um und blickt Primo direkt an.

„Sieh ihm nicht in die Augen!“, warnt Golina.

Doch es ist bereits zu spät.

3. Die Augen des Endermans

Das violette Leuchten der Augen des Endermans füllt Primos Blickfeld aus; alles andere verblasst. Er will wegsehen, doch er ist wie gelähmt und hat das Gefühl, in einen Abgrund zu stürzen.

Allmählich wird das violette Leuchten schwächer, und Primo kann seine Umgebung wieder wahrnehmen. Doch er ist nicht mehr im Haus von Golinas Eltern. Stattdessen steht er auf einer Ebene aus grünlichem Stein. Ringsum ragen riesige schwarze Säulen in den pechschwarzen Himmel. Um ihn herum stehen zahllose Endermen und sehen ihn an.

„Wo … wo bin ich?“, fragt Primo. Doch die Endermen antworten nicht. Sie wenden sich von ihm ab und bilden kleine Gruppen, so als unterhielten sie sich miteinander.

Er versucht, einen Schritt zu machen, bewegt sich jedoch nicht von der Stelle. Als er an sich herabblickt, stellt er erschrocken fest, dass er seinen Körper nicht sehen kann.

Sieh niemals in die Augen eines Schattenmanns, hat ihn sein Vater schon als Kind ermahnt. *Sie rauben dir sonst deine Seele.*

Ist es das, was mit ihm passiert ist? Ist sein Geist nun für immer an diesem seltsamen Ort gefangen, während sein Körper als leere Hülle im Dorf zurückgeblieben ist? Primo hat keine Zeit, weiter darüber zu grübeln, denn plötzlich hört er ein merkwürdiges Geräusch. Auf einer Fläche aus schwarzem Stein in der Nähe erscheint eine Gestalt schimmernder Rüstung: der Fremde!

Hoffnung erfüllt Primo. „Hilfe!“, ruft er. „Hilf mir bitte!“

Doch der Fremde beachtet ihn nicht. Stattdessen ertönt nun ein schreckliches, tiefes Brüllen. Primo erstarrt vor Entsetzen. Ein riesiges Monster rast genau auf ihn zu. Es hat einen schwarzen, länglichen Körper und gewaltige Schwingen. Sein Kopf sitzt auf einem langen Hals. Glühende Augen, die denen eines Endermans ähneln, starren ihn an. Das muss der Enderdrache sein!

Das Wesen fliegt auf eine Säule zu, die zwischen ihm und Primo aufragt. Anstatt auszuweichen oder die Säule zu rammen, gleitet es einfach hindurch, als wäre sie gar nicht da. Wieder stößt der Drache sein furchtbares Gebrüll aus, während Primo vergeblich versucht, die Augen zu schließen. Das Monster schießt dicht an ihm vorbei. Eine der langen Schwingen scheint ihn zu berühren, doch er spürt nichts. Der Kopf des Monsters zielt genau auf den Fremden, der mit gezücktem Schwert bereitsteht, im allerletzten Moment zur Seite springt und dem

Drachen einen Hieb mit seinem Diamantschwert verpasst.

Das Monster brüllt vor Schmerz. Mit kräftigen Flügelschlägen schwingt es sich empor und fliegt dicht an der Spitze einer Säule vorbei, auf der ein leuchtender Kristall sitzt. Ein greller Strahl schießt aus dem Kristall und berührt den Drachen, der dadurch an Kraft zu gewinnen scheint.

Primo wird klar, dass der Fremde den Kampf gegen den Enderdrachen unmöglich gewinnen kann, wenn dieser jede Verletzung sofort wieder heilt, indem er an den Kristallsäulen vorbeifliegt. Doch der Fremde scheint das zu wissen. Er steckt das Diamantschwert weg und holt einen Bogen hervor, der in einem magischen Licht schimmert. Damit attackiert er allerdings nicht den Drachen, sondern schießt auf die Spitzen der schwarzen Säulen. Sobald ein Pfeil einen der Kristalle trifft, explodiert dieser.

Der Drache brüllt vor Wut und greift den Fremden erneut an, doch dieser weicht dem Angriff geschickt aus und setzt die Zerstörung der Kristalle fort.

Auf einmal schreit einer der Endermen, die bisher nur wie unbeteiligte Zuschauer herumgestanden haben, vor Wut auf. Er teleportiert sich direkt neben den Fremden und schlägt nach ihm. Rasch wechselt der Angegriffene die Waffe und wehrt sich mit dem Diamantschwert. Ein zweiter Enderman greift in den

Kampf ein. Der Fremde hat alle Hände voll damit zu tun, die beiden schwarzen Gestalten abzuwehren, und bemerkt nicht, wie sich der Drache mit gesenktem Kopf erneut nähert.

„Pass auf, der Drache!“, brüllt Primo.

Der Fremde scheint ihn nicht zu hören. Er tötet die beiden Endermen mit Schwerthieben, wird jedoch im nächsten Moment vom Kopf des Drachen getroffen und durch die Luft geschleudert. Kein Dorfbewohner hätte eine solche Attacke überlebt, doch der Fremde rappelt sich auf, trinkt eine rote Flüssigkeit aus einem Glaskolben, holt seinen Bogen hervor und setzt die Zerstörung der Kristalle fort, als wäre nichts geschehen.

Gebannt beobachtet Primo den Kampf des Fremden gegen den Enderdrachen. Systematisch zerstört er die Kristalle, weicht den Angriffen des Monsters aus und schlägt sich hin und wieder mit Endermen herum, die sich ohne erkennbaren Grund entschließen, in den Kampf einzugreifen. Erst nach einer Weile bemerkt Primo, dass das immer dann geschieht, wenn der Fremde zufällig in die Richtung einer der schwarzen Gestalten blickt. Vielleicht sind sie so wütend, weil es ihnen nicht gelingt, dem Fremden die Seele zu rauben, wenn er sie anschaut, und attackieren ihn deshalb.

Bald sind alle Kristalle erloschen. Nun wechselt der Fremde wieder die Waffe, wartet auf den Drachenangriff, springt im letzten Moment zur Seite und verpasst ihm einen Schwerthieb. Der Drache brüllt getroffen auf und flattert empor. Er fliegt eine Weile über den Säulen herum, doch es ist kein Kristall mehr da, der seine Wunden heilen könnte. Wütend greift das Monster erneut an, nur um eine weitere Verwundung davon zu tragen. Mehrmals wiederholt sich dieses Schauspiel, bis der Fremde einen letzten, tödlichen Treffer landet.

Statt davon zu fliegen, schwebt der Drache nun langsam empor. Ein Knistern und Krachen ertönt, während sein Inneres von grellem Licht erfüllt zu sein scheint, das sich durch Risse im schwarzen Körper des Ungeheuers einen Weg nach draußen sucht. Schließlich explodiert es in gleißendem Leuchten.

„Hurra!“, brüllt Primo. „Du hast es geschafft!“ Doch der Fremde hört ihn nicht.

An der Stelle, an der der Drache starb, ist ein merkwürdiges Gebilde entstanden. Es sieht aus wie ein Brunnen aus dunklem Stein, der mit einer schwarzen, wabernden Flüssigkeit gefüllt ist. In der Mitte ragt eine mit Fackeln erhellte Säule hervor. Auf der Spitze dieser Säule befindet sich ein Gegenstand, den Primo sofort erkennt: ein großes, schwarzes Ei.

Der Fremde baut aus Steinblöcken eine Treppe, über die er zur Spitze der Säule gelangt. Er streckt einen Arm nach dem Ei aus, doch dieses verschwindet plötzlich in einer Wolke aus violetten Funken.

Als hätte der Fremde nichts anderes erwartet, klettert er die kurze Treppe wieder herab und blickt sich suchend um. Er entdeckt das Ei nicht weit entfernt. Statt erneut danach zu greifen, stellt er eine seltsame Apparatur daneben auf den Boden. Sie sieht aus wie ein Steinblock, der jedoch an der dem Ei zugewandten Seite eine Holzplatte hat. Als Nächstes streut er etwas rotes, glitzerndes Pulver aus. Zum Schluss holt er einen kleinen Kasten hervor, der oben einen Druckknopf hat, und platziert diesen auf dem Boden neben dem roten Pulver.

Als der Fremde auf den Knopf in dem Kasten drückt, leuchtet das rötliche Pulver kurz auf. Die Holzplatte wird daraufhin aus dem Steinblock gedrückt und schiebt das Ei einen Block weiter.

Der Fremde geht zu dem Ei. Als er diesmal danach greift, teleportiert es sich nicht davon. Er steckt es ein, wirft noch einmal einen letzten Blick auf die seltsame Landschaft und springt dann in die schwarze Flüssigkeit im Inneren des Brunnens, aus der er nicht wieder auftaucht.

Kaum ist er verschwunden, bewegen sich die Endermen auf den Brunnen zu und umringen ihn. Sie geben klagende Laute von sich.

Ein einzelner Enderman dreht sich um und fixiert Primo mit seinen violetten Leuchtaugen. Wieder erfüllt das Leuchten Primos Gesichtsfeld, und er hat das Gefühl, zu fallen.

Als das Licht verblasst, befindet er sich auf dem Dorfplatz vor der Kirche. Im ersten Moment ist er erleichtert. Doch dann fällt ihm auf, wie still es ist. Keiner der anderen Dorfbewohner scheint hier zu sein. Das Dorf wirkt völlig verlassen.

Ein einzelner Enderman steht neben der Kirche und hält das schwarze Ei in den Armen. Behutsam platziert er es auf dem Boden und beginnt, Laute in seiner fremdartigen Sprache von sich zu geben. Sie klingen regelmäßig und rhythmisch, fast wie Ruunas Zauberformeln.

„Wer bist du?", fragt Primo. „Und was machst du da?"

Doch wie zuvor schon der Fremde beachtet ihn der Enderman nicht. Plötzlich bilden sich Risse in dem Ei, und ein grelles, weißes Leuchten dringt daraus hervor. Dasselbe Knacken und Krachen wie beim Tod des Enderdrachens erklingt, nur leiser. Das Ei zerspringt, und an seiner Stelle schwebt nun ein kleiner Enderdrache, der jedoch rasch wächst, bis er seine volle Größe erreicht.

Der Drache stößt ein triumphierendes Brüllen aus, schwebt ein Stück nach oben, flattert mit den Flügeln und jagt dann mit ausgebreiteten Schwingen durch das Dorf. Dabei gleitet er durch die Häuser hindurch, als existierten sie gar nicht. Doch anders als die Säulen in der Welt mit dem Schwarzen Himmel bleiben die Dinge, durch die der Drache fliegt, nicht unversehrt. Alles, was er mit seinem Körper und seinen Schwingen berührt, verschwindet einfach. Im Nu klaffen riesige Löcher in den Häusern, Dächer verschwinden und der Kirchturm besteht nur noch aus ein paar in der Luft schwebenden Steinblöcken.

Primo schreit auf vor Entsetzen, doch den Drachen kümmert das nicht. Er steigt hoch in die Luft und jagt dann im Sturzflug herab, sinkt in den Boden ein als wäre es Wasser und hinterlässt ein tiefes, finsteres Loch. Kurze Zeit später taucht er an einer anderen Stelle wieder auf und erzeugt dabei auch hier einen Abgrund. Nun fliegt er in Richtung des Waldes, in dem Willerts Hütte steht. Bäume und Hügel können ihn ebenso wenig aufhalten wie zuvor die Häuser des Dorfs.

„Hör auf!“, ruft Primo. „Bitte hör auf! Du machst ja alles kaputt!“

Zur Antwort stößt der Drache ein hässliches Brüllen aus.

In seiner Verzweiflung wendet sich Primo an den Enderman, der das Ei beschworen hat. „Bitte, halt ihn auf! Er wird die ganze Welt zerstören!“

Der Enderman sieht Primo an, der instinktiv dem Blick ausweicht. Er sagt etwas in seiner rätselhaften Sprache und stößt ein Geräusch aus, das wie ein heiseres Lachen klingt. Dann verschwindet er in einer Wolke aus lila Funken.

Primo blickt sich fassungslos in dem zerstörten Dorf um, während der Drache immer noch in der Landschaft herumfliegt und eine Spur der Verwüstung hinterlässt. Jetzt versteht er, was die Warnung des Endermans in Golinas Traum bedeutet. Doch es ist zu spät: Der Enderdrache ist nun frei und wird früher oder später die ganze Welt vernichten.

„Golina!“, ruft Primo verzweifelt. „Kolle! Vater! Wo seid ihr?“ Doch niemand antwortet ihm. Vielleicht waren sie durch Golinas Träume und die Ereignisse in der Nacht gewarnt und klug genug, rechtzeitig aus dem Dorf zu verschwinden.

Wenn er doch das verdammte Ei nicht aus dem Nether hierhergebracht hätte! Primo muss sich eingestehen, dass er ein außerordentliches Talent hat, Katastrophen anzurichten.

Ein Geräusch kündigt das Erscheinen eines Endermans an. Primo fährt herum. „Bitte, es tut mir leid, dass ich euer Ei hergebracht habe!", fleht er. „Aber nehmt dieses Ungeheuer wieder mit in eure Welt! Bitte!"

Der Enderman schüttelt nur leicht den Kopf und blickt ihn an. Wieder verschwindet die Welt in violettem Leuchten.

Diesmal findet sich Primo erneut in der düsteren Welt mit dem schwarzen Himmel wieder, jedoch anscheinend an einer anderen Stelle. Jedenfalls ist der Brunnen mit der Säule nicht zu sehen. Dafür steht eine Gruppe von Endermen um einen schwarzen Block herum, der nicht weit von Primo entfernt auf dem Boden steht. Er hat merkwürdige grünliche Muster an den Kanten und eine goldene Ausbuchtung an einer Seite. Einer der Endermen streckt einen Arm nach dem Block aus, und die Oberseite klappt auf. Primo erkennt, dass es sich um eine Truhe handelt, wie er sie noch nie gesehen hat.

Ein Enderman tritt vor und legt etwas in die Truhe - ein grünlich schimmerndes, halb transparentes Objekt, noch runder als ein Hühnerei. In seinem Zentrum befindet sich ein dunkler Kern, so dass es ein wenig aussieht wie ein Auge. Nachdem sich der erste Enderman zurückgezogen hat, tritt ein zweiter vor und legt einen gleichartigen Gegenstand in die

Truhe. Dieses seltsame Schauspiel vollzieht sich insgesamt zwölfmal. Zum Schluss tritt ein dreizehnter Enderman vor, doch das Objekt, das er in die Truhe legt, ist ein glitzerndes Diamantschwert. Es sieht aus wie das, mit dem der Fremde gegen den Enderdrachen gekämpft hat, weist jedoch zusätzlich einen magischen Schimmer auf.

Der Enderman schließt den Deckel der Truhe. Dann dreht er sich um und macht eine Geste von Primo zu der Truhe. Dies wiederholt er mehrmals, als wolle er andeuten, dass Primo zu der Truhe gehen und sie öffnen soll. Doch das ist unmöglich, denn immer noch kann e sich nicht von der Stelle rühren.

Schließlich blickt der Enderman Primo an, und das violette Leuchten lässt abermals die Welt verblassen.

4. Alte Bücher

„Primo? Primo, wach auf!"

Langsam verschwindet das violette Leuchten. Vor Primo erscheint Golinas hübsches Gesicht.

Sie rüttelt ihn an der Schulter. „Primo, kannst du mich hören?"

„Ja." Verwundert blickt er sich um. Er ist in seinem Zimmer. Das Ei befindet sich nach wie vor am Ende seines Betts. Das Haus scheint unbeschädigt zu sein. Hinter seiner Freundin stehen sein Vater, Willert, Ruuna, Kolle und Margi und betrachten ihn mit sorgenvollen Mienen.

„Oh Primo, Notch sei Dank!"

Golina umarmt und küsst ihn. Er genießt es einen Moment lang, dann setzt er sich auf.

„Was ... was ist passiert?"

„Du hast in die Augen des Endermans gesehen", erklärt sein Vater. „Danach warst du nicht mehr ansprechbar und hast deine Umgebung nicht wahrgenommen."

„Ich hab dir eine Ohrfeige gegeben", ergänzt Kolle. „Du hast es nicht mal gemerkt."

„Dafür merke ich es jetzt", sagt Primo und fasst sich an die schmerzende linke Seite seines Kopfs. „Besten Dank auch!"

„Wir haben gedacht, du wachst nie wieder auf!“, sagt Golina und wischt sich einige Tränen beiseite.

„Was ist mit dem Enderdrachen?“, fragt Primo. „Und wie habt ihr das Haus so schnell reparieren können?“

„Wovon redest du?“, fragt Willert.

„Ich glaube, Kolles Schlag war ein bisschen zu heftig“, meint Ruuna. „Er braucht einen von meinen Heiltränken nach Spezialrezept.“ Sie kramt eine Flasche mit einer braungrünen Flüssigkeit hervor.

„Nein danke“, sagt Primo rasch. Er erinnert sich nur zu gut daran, was passierte, nachdem er Ruunas nach ihrem supergeheimen Spezialrezept gebackenen Kuchen gegessen hat.

Er steht auf und tritt vor die Tür. Es ist heller Tag, und das Dorf sieht aus wie immer. Keine zerstörten Häuser, keine abgrundtiefen Löcher im Boden.

„Ich glaube, ich habe geträumt“, sagt er. „Aber es war so real! Ich ... ich habe gedacht, das Dorf wäre zerstört worden ...“

„Erzähl mal ganz in Ruhe, was du gesehen hast“, fordert ihn Willert auf.

Nachdem Primo ausführlich berichtet hat, blicken sich die Freunde ratlos an.

„Das war sicher kein gewöhnlicher Traum“, stellt Willert fest.

„Natürlich nicht“, meint Ruuna. „Der Schattenmann hat Primos Seele aus seinem Körper geraubt, wie sie es nun mal tun. Nur dass er sie wieder zurückgegeben hat. Er hat sie sozusagen nur ausgeborgt.“

„Vielleicht ... vielleicht wollte er mir etwas mitteilen“, meint Primo.

„Du hast drei verschiedene Visionen beschrieben“, fasst Margi zusammen. „Du hast gesehen, wie der Fremde den Enderdrachen besiegte und das Ei raubte. Das war offenbar ein Ereignis in der Vergangenheit, sonst wäre das Ei nicht hier. Du hast gesehen, wie der Enderman das Ei zum Platzen brachte, so dass daraus ein neuer Enderdrachen entstand, der dann das Dorf zerstörte. Das ist noch nicht geschehen. Also hast du die Zukunft gesehen, oder in eine mögliche Zukunft. Wenn wir Golinas Traum hinzunehmen, dann erscheint mir klar, was zu tun ist: Wir müssen verhindern, dass das Ei in die Hände des Endermans fällt, der das Dorf angegriffen hat. Wir müssen es an seinen Ursprungsort zurückbringen. Dann können die Endermen dort einen neuen Drachen daraus schlüpfen lassen, wo er keinen Schaden anrichten kann.“

„Ich verstehe das nicht“, sagt Golina. „Wieso greift ein Schattenmann unser Dorf an und die anderen helfen uns?“

„Das können wir nicht wissen", meint Willert. „Aber mir scheint, Margi hat recht: Dieser eine Enderman verfolgt offenbar böse Absichten. Wenn er das Ei in die Hände bekommt, wird er versuchen, den Drachen in unserer Welt schlüpfen zu lassen. Wenn ihm das gelänge, wäre das eine Katastrophe. Wir können von Glück sagen, dass die anderen Endermen das anscheinend verhindern wollen."

„Können wir ihnen denn nicht einfach das Ei geben, damit sie es mit in ihre Welt nehmen?", fragt Kolle.

„So einfach ist es vermutlich nicht", erwidert Margi. „Sonst hätten sie Golina und Primo nicht gezeigt, was zu tun ist, sondern uns das Ei einfach weggenommen."

„Aber was sollen wir denn tun?", fragt Primo. „Wie sollen wir das Ei an seinen Ursprungsort zurückbringen? Wir wissen doch gar nicht, wo das ist."

„Das wissen wir sehr wohl", widerspricht Willert. „Der Ort mit dem schwarzen Himmel und den Säulen, den du gesehen hast, kann nur das Ende gewesen sein."

„Das Ende ...", flüstert Primo, und ihm läuft ein eisiger Schauer über den Rücken. „Aber wie können wir jemals dorthin gelangen?"

„Die Fremden können es, also ist es möglich", stellt Willert fest. „Mir scheint, die dritte Vision, von der du erzählt hast, gibt uns einen Hinweis darauf, wie es geht."

„Das ist der Teil, den ich am wenigsten verstehe", meint Margi. „Was war das für eine seltsame Truhe?"

„Ich weiß es nicht", meint Willert. „Aber ich habe das Gefühl, dass diese Truhe irgendwo existiert, und dass die Dinge, die die Endermen hineingelegt haben – diese Kugeln, die wie Augen aussahen, und das magische Schwert – nötig sind, um die Aufgabe zu erfüllen, die sie uns gestellt haben."

„Aber das ist doch unlogisch!", meint Primo. „Die Truhe stand eindeutig im Ende. Wenn darin die Dinge sind, die wir brauchen, um ins Ende zu gelangen, wie soll uns das etwas nützen? Wir müssten schon dort sein, um dorthin zu kommen!"

„Du hast recht", gibt Willert zu. „Andererseits haben wir vielleicht noch etwas nicht richtig verstanden. Möglicherweise haben die Endermen dir nur zeigen wollen, dass wir so eine Truhe herstellen und uns den Inhalt, den sie hineingetan haben, selbst besorgen müssen. Dann müssten wir irgendwoher zwölf der Kugeln bekommen, die du gesehen hast, und ein verzaubertes Schwert."

„Na, wenn's weiter nichts ist!", kommentiert Primo sarkastisch.

„Diese Kugeln, sahen die aus wie das hier?“, fragt Ruuna. Sie hält ihm einen runden, grünen Gegenstand hin.

„Woher hast du das?“, fragt Willert erschrocken. Auch die anderen zucken zusammen, als sie das seltsame Objekt sehen.

„Gefunden“, sagt Ruuna.

„Gefunden? Wo?“, will Porgo wissen.

„Es lag neben der Kirche, dort, wo der böse Schattenmann verschwunden ist.“

„Ich glaube, das ist eine Enderperle“, meint Willert. „Angeblich lassen die Endermen manchmal eine zurück, wenn sie verschwinden. Sie sind sehr selten und kostbar.“

„Natürlich ist das eine Enderperle“, bestätigt Ruuna. „Das sieht doch jeder! Also, Primo, haben die Schattenmänner solche Enderperlen in die Truhe gelegt?“

„Ja ... nein ... das heißt, die Dinger, die ich gesehen habe, sahen so ähnlich aus, aber sie waren heller, und das Schwarze in ihrem Inneren war kleiner und länglich.“

„Das habe ich befürchtet“, sagt Ruuna.

„Befürchtet?“, fragt Willert. „Was meinst du damit? Weißt du, was diese Dinger sind, die Primo gesehen hat?“

„Nein. Jedenfalls waren es offenbar keine Enderperlen. Das meinte ich mit ‚befürchtet'. Wenn es Enderperlen gewesen wären, dann hätten wir sie selbst einsammeln können. Aber so ... wer weiß, was das für seltsame Kugeln waren."

„Vielleicht gibt es einen Zusammenhang zwischen dieser Enderperle und Primos Visionen", meint Margi. „Wenn es so ist, dann verstehen wir ihn noch nicht. Aber zum Glück haben wir kluge Freunde, die wir um Rat fragen können."

„Du meinst doch nicht etwa die Endermen?", fragt Kolle.

„Ich meine Bücher", antwortet Margi. „Dein Vater hat doch eine große Sammlung davon. Vielleicht finden wir irgendwo einen Hinweis darauf, was das für eine seltsame Kiste ist und wie wir ins Ende gelangen können, um das Ei dorthin zu bringen."

„Das ist eine gute Idee", meint Willert. „Ich schlage vor, Margi, Kolle, Primo und Golina gehen zu Kolles Vater und suchen in seinen Büchern nach einer Antwort. Porgo und ich bewachen in der Zwischenzeit das Ei, für den Fall, dass dieser Enderman versucht, es uns zu stehlen."

„Und ich?", fragt Ruuna. „Was mache ich? Soll ich nicht doch versuchen, ob ich das Ei nicht ins Ende zurückzaubern kann?"

„Nein“, entscheidet Willert. „Du gehst am besten mit Margi und den anderen und hilfst ihnen suchen. Und gib mir bitte die Enderperle.“

„Die Enderperle? Warum?“

„Ich möchte nur sichergehen, dass damit … nichts passiert.“

„Was soll damit passieren?“

„Weiß ich auch nicht. Aber es könnte sein, dass wir sie noch brauchen. Vielleicht war es kein Zufall, dass sie hier im Dorf zurückgeblieben ist.“

„Aber ich habe sie gefunden! Ich darf damit machen, was ich will!“

„Ruuna!“, sagt Willert scharf.

„Na gut, na gut!“, mault die Hexe. „Nie darf man mal ein bisschen zaubern!“ Schmollend folgt sie den anderen zum Haus von Kolles Eltern.

In der Bibliothek herrscht ein wildes Durcheinander. Bücher stapeln sich in den Regalen, auf dem Boden, auf Tischen und Bänken. Mittendrin steht Kolles Vater Nimrod, in ein Buch vertieft.

„Vater!“, sagt Kolle. „Du musst uns helfen, ein Buch zu finden!“

Nimrod blickt auf. „Hrm, was? Tut mir leid, ich kann gerade nicht, ich bin dabei, hier aufzuräumen.“ Er versenkt seinen Blick wieder in das Buch.

„Für mich sieht es eher so aus, als ob du liest, statt aufzuräumen", meint Kolle.

„Klar lese ich. Ich muss doch wissen, was in dem Buch steht, damit ich es an die richtige Stelle ins Regal stellen kann."

„Könntest du vielleicht mal damit aufhören und uns helfen?"

„Das geht jetzt nicht. Frodo und Sam sind gerade kurz davor, den Schicksalsberg zu erreichen, und Gollum …"

„Vater!!"

Nimrod seufzt und klappt das Buch zu. „Ja, ja, schon gut. Also, was sucht ihr denn?"

„Hast du ein Buch, in dem steht, wie man ins Ende kommt?"

„Ins Ende? Hm. Ja, ich glaube, darüber hab ich mal was gelesen. Es muss hier irgendwo sein." Er fängt an, zwischen den Buchstapeln herumzukramen. „Ich hab's gleich", meint er. „Es muss doch hier … ach nein, das ist ja der Stapel, den ich erst vorletzte Woche dorthin gestellt habe, da kann es nicht drin sein …"

„Ich glaube, wir helfen ihm besser suchen", meint Kolle. „Guckt einfach, ob ihr ein Buch findet, auf dem irgendetwas von ‚Ende' steht."

Primo nimmt sich ein Bücherregal vor. Die Bücher darin stehen in keiner erkennbaren Ordnung. Auf dem Rücken des ersten Buchs steht *Minecraft – Das Einsteiger-Handbuch*. Was immer *Minecraft* bedeuten soll, es hat bestimmt nichts mit der Frage zu tun, wie man ins Ende kommt. Daneben steht ein Band mit dem noch rätselhafteren Titel *Programmieren in Java*. Auch der Titel des dritten Buchs klingt wenig hilfreich: *Die besten Minecraft-Cheats*. Primo sucht weiter, findet jedoch nichts, das ihm erfolgversprechend erscheint.

„Ich glaube, ich hab was", meint Kolle und hält ein Buch hoch. „*Die Unendliche Geschichte*."

„Wie soll uns das denn helfen?", fragt Margi. „Wir brauchen doch keine Geschichten, erst recht keine unendlichen."

„Aber der Name des Autors ist Michael Ende!", beharrt Kolle.

„Wir suchen ein Buch über das Ende, nicht eins, das von jemandem namens Ende geschrieben wurde", erklärt Margi.

Kolle seufzt, stellt das Buch zurück und sucht weiter.

„Wie wär's mit dem hier?", fragt Ruuna. „*Das Restaurant am Ende des Universums*. Das klingt doch lustig."

„Was ist denn ein Restaurant?", fragt Primo.

„Keine Ahnung. Wahrscheinlich irgendein Monster oder so."

Primo und Margi werfen einen Blick auf das Buch, das Ruuna gefunden hat, doch es steht nur unverständliches Zeug darin.

„Dein Vater hat aber einen merkwürdigen Buchgeschmack", bemerkt Primo.

„Ich fürchte, mein Vater hat gar keinen Geschmack", meint Kolle und hält ein Buch hoch, auf dem *Die 100 besten Rezepte mit Grünkohl und Austernpilzen* steht. „Er sammelt einfach alle Bücher, die er finden kann."

„Ach, hier ist es ja", meint Nimrod und zieht ganz unten aus einem Stapel ein Buch heraus. Der Effekt ist, dass der Stapel umkippt und nun noch ein größeres Durcheinander herrscht.

„Du hast das Buch über das Ende gefunden?", fragt Kolle hoffnungsvoll.

„Nein. Aber dieses Buch hab ich schon lange gesucht: *Ordnung schaffen ohne Mühe – eine systematische Anleitung.*" Er stellt es an eine schwer zugängliche Stelle hoch oben in einem Regal.

„Vielleicht solltest du das Buch lieber mal lesen, Vater."

„Keine Zeit jetzt, mein Sohn. Hast du das nicht selbst gesagt?"

Kolle seufzt und sucht weiter.

„Hier hab ich was Interessantes gefunden", ruft Golina und hält ein anderes Buch hoch.

Primo geht zu ihr und liest den Titel ab. *„Alles, was wir über die Welt der Fremden wissen.* Hm, das könnte wirklich interessant sein." Er schlägt das Buch auf und blättert darin herum. „Seltsam, die Seiten sind ja alle leer!"

„Vielleicht muss das Buch erst noch geschrieben werden", meint Golina und stellt es zurück.

„Ich hab ja gleich gewusst, dass es ohne ein bisschen Zauberei nicht geht!", sagt Ruuna. „Ich werde einen Suchzauber anwenden, der uns das Buch, das wir brauchen, im Nu zeigen wird!"

Ehe Primo und Kolle protestieren können, murmelt die Hexe ein paar Beschwörungen und wirft einen Glaskolben in die Luft. Das Gefäß explodiert, als es die Zimmerdecke berührt, und Feuerstrahlen schießen in alle Richtungen. Die meisten verpuffen zum Glück harmlos, doch einer setzt einen Bücherstapel in der Ecke des Raums in Brand.

„Hilfe, meine Bücher!", schreit Nimrod. „Meine schönen Bücher!"

„Ruuna!", ruft Primo. „Was machst du denn da!"

„Oh, nun ja, äh ... Augenblick, das haben wir gleich!" Sie holt eine weitere Glasflasche hervor. Diese ist mit einer blauen Flüssigkeit gefüllt.

„Neiiin!", schreit Primo.

Doch die Hexe lässt sich nicht beirren und wirft die Flasche auf den brennenden Bücherstapel. Das

Gefäß zerbricht, ein Schwall Wasser ergießt sich über die Flammen und löscht sie.

Primo, der weit schlimmere Folgen befürchtet hatte, atmet erleichtert aus. Er geht zu dem wasserdurchtränkten Bücherstapel und nimmt das oberste Buch in die Hand. Der Einband ist etwas verkohlt, doch der Titel ist noch deutlich lesbar: *Die Geheimnisse der Schattenmänner*.

„Ha!“, sagt Ruuna.

5. Diamantensuche

„Oh nein!“, stöhnt Kolle auf. „Nicht schon wieder in den Nether!“

Sie sitzen zu sechst auf dem Boden der Bibliothek, in der Mitte Margi, die das angesengte Buch über die Schattenmänner hält, das Ruuna „gefunden“ hat.

„Aber es geht nun mal nicht anders“, sagt Primo. „Um die Endertruhe herzustellen, brauchen wir ein Enderauge. Eine Enderperle haben wir schon, jetzt fehlt uns nur noch Lohenstaub. Und Lohen gibt es eben nur im Nether.“

„Wir wissen doch gar nicht, ob wir überhaupt eine Endertruhe bauen müssen“, widerspricht Kolle. „Vielleicht haben wir diesen Teil deiner Vision ganz falsch verstanden.“

„Endertruhen sind magische Gegenstände“, liest Margi vor. *„Ihr Inhalt befindet sich nicht an einem bestimmten Ort, sondern in einer Zwischendimension, die man sich wie eine unsichtbare Wolke vorstellen kann. Das bedeutet, dass man eine Endertruhe an einem Ort öffnen und Dinge hereinlegen kann, die dann in einer anderen Endertruhe an einem anderen Ort wieder herausgenommen werden können.* Ich fürchte, Primo hat recht: Die Endermen haben die Dinge, die wir brauchen, um ins Ende zu gelangen, in eine

Endertruhe gelegt, damit wir sie uns nehmen können. Alles, was wir tun müssen, ist eine zweite Truhe zu bauen."

„Alles was wir tun müssen, sehr witzig!", regt sich Kolle auf. „Um eine Endertruhe zu bauen, brauchen wir Lohenstaub, den man aus Lohenruten gewinnt. Die bekommt man, indem man in den Nether geht und eines der gefährlichsten Monster dort tötet. Dagegen ist es ja geradezu eine Kleinigkeit, sich in die tiefsten Tiefen zu graben und nach Diamanten zu suchen, die man braucht, um eine Diamantspitzhacke herzustellen, die wiederum benötigt wird, um Obsidian abzubauen, aus dem die Truhe hergestellt wird. Also wirklich, ein Klacks!"

„Jetzt stell dich nicht so an!", ermahnt ihn Primo. „Wir schaffen das schon! Schließlich haben wir schon ganz andere Probleme gelöst." Doch sein Optimismus ist nur gespielt. In Wahrheit hat er ein ziemlich schlechtes Gefühl bei der Sache. Aber er weiß, dass es keine Alternative dazu gibt, zu tun, was der Enderman ihm gezeigt hat. Und schließlich ist es seine Schuld, dass das Ei im Dorf ist.

„Selbst wenn wir das alles schaffen, damit fangen doch die Schwierigkeiten erst an!", ruft Kolle aufgebracht. „Dann müssen wir irgend so eine unterirdische Ruine finden, in der es von Monstern nur so wimmelt, und ein Portal aktivieren, um ins

Ende zu gelangen. Ins Ende, aus dem noch nie jemand zurückgekehrt ist!"

„Du vergisst den Fremden", meint Margi. „Er war im Ende und ist zurückgekommen."

„Ja, nachdem er den Enderdrachen getötet, das Ei geklaut und uns diesen ganzen Schlamassel eingebrockt hat! Und dann ist er in den Nether gegangen und dort umgekommen, und zwar genau in der Netherfestung, in die wir gehen sollen, um Lohenstaub zu besorgen!"

„Schon gut, du hast ja recht", sagt Primo. „Das Ganze ist kaum durchführbar. Vielleicht bringen wir das Ei einfach zurück in den Nether. Sollen sich doch die Zombie-Pigmen darum streiten."

„Das geht nicht", widerspricht Margi. „Wir können nicht riskieren, dass das Ei dem bösen Schattenmann in die Hände fällt. So wie ihr die Zombie-Pigmen beschrieben habt, wäre es bei ihnen nicht sicher. Wir müssen tun, was die Schattenmänner uns gezeigt haben, daran führt kein Weg vorbei."

„Wir?", fragt Kolle. „Du hast doch nicht etwa vor, uns zu begleiten?"

„Und ob ich das habe!", sagt Margi. „Das letzte Mal habt ihr euch bloß in Schwierigkeiten gebracht, als ihr allein unterwegs wart. Und ihr habt dieses blöde Ei mit nach Hause gebracht. Diesmal kommen wir lieber mit und passen auf."

„Wir haben das Problem geschaffen, also lösen wir es auch“, entgegnet Primo. „Und zwar alleine.“

„Kommt nicht infrage!“, widersprechen Golina und Margi gleichzeitig.

„Sag du doch auch mal was, Vater!“, bittet Kolle. „Wir können doch nicht zulassen, dass Mädchen in den Nether gehen und sich in Gefahr bringen!“

„Hm, was?“, fragt Nimrod, der offenbar in ein Buch vertieft war.

„Schon gut, Kolle“, sagt Primo. „Vielleicht ist es ja besser, wenn die Mädchen mitkommen.“

Kolle will gerade protestieren, doch da bemerkt er das versteckte Zeichen, das Primo ihm macht, so dass es die Mädchen und Ruuna nicht sehen können.

„Äh, also gut“, stimmt Kolle zu. „Dann machen wir uns morgen zusammen auf den Weg in die Höhle unter dem Dorf.“

Margi und Golina beäugen die beiden misstrauisch, doch sie sagen nichts.

In derselben Nacht, als Primo im Bett liegt, hört er ein leichtes Klopfen gegen das Fenster. So leise er kann, steht er auf, packt die Sachen, die er bereitgelegt hat, und schleicht aus dem Haus.

„Hast du die Fackeln und das Buch?“, fragt er Kolle.

Sein Freund nickt. „Und du hast die Eisenspitzhacke?“

„Klar!“ Sein Vater wird ihm ganz schönen Ärger machen, wenn er merkt, dass Primo die wertvolle Spitzhacke genommen hat, die er erst gestern hergestellt hatte.

Nachdem die vier Freunde und Ruuna Willert und Porgo von ihren Erkenntnissen berichtet hatten, beschlossen sie, am nächsten Tag eine Expedition in die Tiefen der Höhle unter dem Dorf zu machen, um nach Diamanten zu suchen. Porgo und Primo wollten allein gehen, doch Ruuna und die Mädchen quengelten so lange, bis man ihnen schließlich erlaubte, mitzukommen. Willert sollte in der Zwischenzeit zusammen mit Kolle und den anderen Dorfbewohnern das Ei bewachen.

Doch kaum war das beschlossen, verabredeten sich Primo und Kolle heimlich, schon in der Nacht allein aufzubrechen. Sie wollten nicht riskieren, dass sich ihre Freundinnen in Gefahr begaben. Sie würden Diamanten besorgen, daraus eine Spitzhacke herstellen und in der Lavahöhle Obsidian abbauen. Dann würden sie durch das Portal des Fremden in den Nether gehen, eine Lohe töten, mit dem Lohenstaub ein Enderauge herstellen und aus dem Obsidian eine Kiste bauen. Wenn alles klappte und sich in der Kiste tatsächlich die Dinge befanden, die

die Endermen dort laut Primos Vision hineingetan hatten, hätten sie alles, was sie brauchten, um eine unterirdische Festung zu finden und das Portal zu aktivieren. Genau, wie es in dem Buch beschrieben war.

Sie hatten ausgemacht, mit den Materialien für den Bau der Endertruhe ins Dorf zurückzukehren, um diese dann gemeinsam mit den anderen herzustellen und zu öffnen. Doch Primo ist inzwischen eine noch bessere Idee gekommen. Er zieht es allerdings vor, sie Kolle vorerst noch nicht mitzuteilen, um unnötige Diskussionen zu vermeiden.

Nachdem sie sich umgesehen haben und sicher sind, dass sie niemand beobachtet, schleichen sie sich zum Fluss. Zum Glück ist gerade kein Nachtwandler in der Nähe, so dass sie einen Kampf, dessen Geräusche vielleicht Porgo geweckt hätten, vermeiden können.

Sie erreichen den Eingang der Höhle unter dem Dorf ohne Zwischenfall. Die Fackeln, die der Fremde hinterlassen hat, brennen noch und halten Monster fern. Durch die Treppe im hinteren Teil der Höhle steigen sie hinab zu der riesigen unterirdischen Schlucht. Irgendwo in der Nähe stöhnt ein Nachtwandler, doch nach allem, was sie bereits überstanden haben, macht ihnen das Geräusch keine Angst mehr.

„Und wie sollen wir jetzt hier unten Diamanten finden?“, fragt Kolle.

„So schwer wird das schon nicht sein. Wir müssen bloß noch tiefer hinab. Diamanten findet man meistens in einer Tiefe, in der es auch flüssige Lava gibt.“

„Und woher weißt du das?“

„Das hat mir mein Vater erklärt, nachdem ich ihn gefragt hatte, woraus die schimmernde Rüstung des Fremden besteht. Er hat mir auch gesagt, dass man sie nur mit einer Eisenaxt aus dem Stein schlagen kann.“

„Dann fangen wir am besten in der Höhle mit dem Portal an, zu suchen. Dort ist ein Lavasee.“

„Gut.“

Sie folgen dem schmalen Grat bis zum Ende der Schlucht und klettern die Leiter hinab, die der Fremde dort angebracht hat. Ein enger Gang führt sie in die zweite, von rötlichem Lavaschein erhellte Schlucht. Das Brummen des Netherportals ist über das Rauschen des Wassers hinweg zu hören.

Sie beginnen ihre Suche auf dem Grund der Schlucht. Systematisch untersuchen sie jeden Felsblock.

„Ich sehe keine Diamanten“, sagt Kolle nach einer Weile. „Hier scheint es keine zu geben.“

„Wenn es so einfach wäre, sie zu finden, dann wären sie ja nicht so wertvoll“, erklärt Primo. „Wir müssen danach graben.“

„Hast du nicht vorhin gesagt, das könne nicht so schwer sein?“

„Ist es ja auch nicht. Wie gesagt, wir müssen bloß ein bisschen danach graben.“

„Und wo?“

„Irgendwo hier unten.“ Primo nimmt die Spitzhacke und hackt aufs Geratewohl ein Loch in den Felsboden.

„Keine Diamanten“, stellt Kolle fest, nachdem er sich über das Loch gebeugt hat.

„Vielleicht ist es noch nicht tief genug“, meint Primo und hackt weiter mit der Spitzhacke auf den Stein ein. Doch unter dem zweiten Steinblock kommt flüssige Lava zum Vorschein.

„Tiefer scheint es hier nicht zu gehen“, meint Kolle. „Vielleicht sollten wir einen Gang in die Felswand schlagen.“

Gesagt, getan. Primo drischt mit der Spitzhacke auf die Felsblöcke ein. Zu Anfang macht es ihm noch Spaß - er kommt sich vor wie ein großer Abenteurer und Schatzsucher, und die Tatsache, dass er Steinblöcke zerstört, gibt ihm ein Gefühl der Macht. Doch nach einer Weile wird das Schwingen der schweren Spitzhacke immer mühseliger.

„Mach du mal weiter", sagt Primo zu Kolle und gibt ihm die Hacke.

Sein Freund schwingt das Gerät mit beeindruckender Geschwindigkeit. Bald haben sie einen langen Gang in den Felsen geschlagen. In regelmäßigen Abständen befestigen sie Fackeln, damit keine Monster von der Dunkelheit angelockt werden.

„Oh, sieh mal, da ist Eisenerz in der Wand", meint Kolle und zeigt auf bräunliche Verfärbungen des Steins. „Soll ich es abbauen? Dein Vater würde sich doch bestimmt darüber freuen."

„Nein, lass uns lieber weiter nach Diamanten suchen."

Kolle gräbt weiter, doch von den Glitzersteinen ist immer noch nichts zu sehen. Dafür stößt er plötzlich auf einen Block, der seltsam rötlich schimmert. Als er mit der Spitzhacke darauf schlägt, sprühen Funken.

„Was ist das denn?", fragt er.

„Keine Ahnung", erwidert Primo. „Mach einfach weiter."

Kolle entfernt den Block und sammelt etwas von dem roten, glitzernden Pulver ein, das dabei entsteht.

„Puh, das ist ganz schön anstrengend", meint er nach einer Weile. „Diese Diamanten sind anscheinend wirklich sehr selten."

„Soll ich dich mal ablösen?", fragt Primo.

„Gleich. Nur noch den Block hier.“ Kolle holt aus und drischt auf einen Block aus bräunlichem Felsen ein, der besonders hart zu sein scheint. Es gibt ein hässliches Krachen, und die metallene Spitze der Hacke bricht ab.

„So ein Mist!“, schimpft Primo. „Kannst du nicht besser aufpassen? Mein Vater wirft mich in die Schlucht, wenn er sieht, dass wir seine Spitzhacke ruiniert haben.“

„Besser aufpassen? Du bist lustig! Ich schufte hier, und alles, was ich zum Dank dafür bekomme, sind Vorwürfe!“

„Wie sollen wir denn jetzt Diamanten finden? Kannst du mir das mal verraten?“

„Lass uns zurück ins Dorf gehen! Dein Vater kann die Spitzhacke reparieren, und dann suchen wir weiter.“

„Ach ja? Und du meinst, die lassen uns dann einfach noch mal allein auf die Suche gehen?“

„Wenn nicht, können sie uns wenigstens beim Suchen helfen. Ich wette, Willert kennt ein paar Tricks, wie man diese blöden Diamanten schneller findet. Oder Ruuna sucht sie mit ihrer Hexerei.“

„Ruuna? Da können wir auch gleich den nächsten Knallschleicher fragen, ob er uns ein paar Diamanten zeigt.“

„Immerhin hat sie in der Bibliothek das richtige Buch gefunden.“

„Das war pures Glück, und dafür hätte sie fast euer Haus abgefackelt.“

„Mag sein. Aber was sollen wir denn sonst machen?“

„Auf jeden Fall nicht mit leeren Händen ins Dorf zurückkehren“, beschließt Primo. „Sonst stehen wir da wie die Deppen. Stell dir nur mal vor, was wir von Margi und Golina zu hören kriegen werden!“

„Du hast recht. Wenn wir nicht wenigstens irgendwas vorzuweisen haben, gibt es Theater.“

„Ich hab eine Idee. Wir können vielleicht keine Diamanten mehr finden, aber wir können immerhin noch den Lohenstaub besorgen.“

„Du willst wieder in den Nether? Allein? Ohne den anderen etwas zu sagen?“

„Hast du eine bessere Idee?“

Die hat Kolle nicht. Also kehren sie den langen Gang zurück zu der Höhle mit dem Lavasee.

„Müssen wir da wirklich noch einmal hin?“, fragt Kolle, als sie vor dem Netherportal stehen.

„Wenn du nicht mitkommen willst, musst du’s nur sagen. Dann gehe ich alleine.“ Primo hofft, dass sein Freund ihn nicht beim Wort nimmt, denn er hat ebenso wenig Lust, an den schrecklichen Ort zurückzukehren, an dem er vor Kurzem fast gestorben wäre.

Zum Glück ist auf Kolle wie immer Verlass. „Na gut. Dann also noch mal in den Backofen.“

6. Zurück im Nether

Nachdem das violette Leuchten des Portals verblasst ist, schlägt ihnen die Hitze entgegen wie eine unsichtbare Wand, obwohl es auch schon in der Höhle mit dem Lavasee nicht gerade kühl war. Sie lauschen, doch abgesehen vom stetigen Summen des Portals sind keine Geräusche zu hören. Dennoch zieht Primo sein Schwert und lugt vorsichtig um jede Ecke, während sie dem Weg folgen, den die Zombie-Pigmen sie beim letzten Mal entlang eskortierten: durch den schmalen Gang und die kleine Höhle hinter den Leuchtsteinen, die Treppe hinauf in die größere Höhle mit den Lavateichen.

Gerade, als sie zwischen zwei Lavateichen hindurch auf die Treppe zugehen, die weiter nach oben führt, erklingt ein platschendes Geräusch, und Primo nimmt aus den Augenwinkeln eine Bewegung wahr. Als er sich danach umdreht, sieht er jedoch nichts. Oder doch?

„Der Block dort, war der gerade schon da?“, fragt er und deutet auf einen merkwürdigen Würfel aus dunklem Stein, der an der Vorderseite zwei helle Flecken aufweist.

„Das sieht ja fast aus, als hätte der Aug…“, meint Kolle. Weiter kommt er nicht, denn in diesem Moment streckt sich der vermeintliche Steinblock, schnellt in die Luft empor und springt genau auf sie zu.

„Achtung!", brüllt Primo und will einen Schritt zurück machen, um dem seltsamen Ding auszuweichen. Gerade noch rechtzeitig erinnert er sich daran, dass hinter ihm ein Lavateich ist.

„VERSCHWINDE, DU SPRINGTEUFEL!", brüllt Kolle und verpasst dem heranfliegenden Würfel einen gewaltigen Schlag, so dass dieser zurückgeschleudert wird und in der Lava landet. Doch das scheint dem Hüpfmonster wenig auszumachen. Mit wellenartigen Bewegungen schwimmt es auf Primo und Kolle zu.

„Da hinten kommt noch eins von den Dingern!", ruft Primo und zeigt auf einen weiteren hüpfenden Block. Allerdings ist dieser wesentlich größer als der erste. Kolle dürfte ihn kaum mit einem Faustschlag abwehren können. „Schnell, die Treppe rauf!"

Sie hasten die Stufen hinauf. Zum Glück ist der Eingang zu eng für das größere der beiden Monster.

„Was zum Nether war das denn?", fragt Kolle, als sie außer Atem die oberste Treppenstufe erreichen. Primo kann nur mit den Schultern zucken.

Sie befinden sich nun in der riesigen Höhle, in der der Clan der Lavaspringer seine Behausung hat. Als sie den Hang hinaufklettern, begegnen ihnen jedoch keine Zombie-Pigmen. Auch die Clanhöhle ist leer.

Nur das ferne Jammern eines Ghasts und das Blubbern der Lava durchbrechen die beunruhigende Stille.

„Wo sind die denn alle?", fragt Kolle.

„Ich weiß es nicht. Ehrlich gesagt hatte ich gehofft, die Zombie-Pigmen würden uns vielleicht helfen, eine Lohe zu finden."

„Vielleicht war das eine."

„Was?"

„Dieser Würfel, der auf uns draufspringen wollte."

„Glaub ich nicht."

„Weißt du denn, wie eine Lohe aussieht?"

„Nein, nicht genau."

„Wir hätten vielleicht doch ins Dorf zurückkehren sollen. Willert und Ruuna hätten bestimmt gewusst, wie ..." Ein seltsames, vielstimmiges Geräusch lässt Primo innehalten. „Was war das?"

„Du meinst dieses Quieken und Grunzen? Das klang, als wenn Hakun ein Schwein schlachtet."

„Die Zombie-Pigmen! Sie sind in Gefahr! Wir müssen ihnen helfen!" Primo stürmt aus der Clanhöhle.

„Warte doch mal!", ruft Kolle, während er ihm folgt. „Wir wissen doch gar nicht, was los ist. Und selbst wenn wir es wüssten ..."

Primo hört ihm nicht zu. Er springt hastig den Hang hinab, auf die Quelle der immer wieder aufbrandenden Schreie und Grunzlaute zu. Es klingt, als ob dort ein Kampf auf Leben und Tod stattfindet.

Der Lärm kommt aus der Richtung des Steinbogens, durch den der Weg zur Clanhöhle der Feuertänzer führt. Als sie ihn erreichen, sehen sie den Grund für das Geschrei: Eine große Menge von Zombie-Pigmen hat sich dort versammelt. Sie scheinen sich anzubrüllen und wüst zu beschimpfen. Nein, wird Primo nach einem Moment klar: Sie sind bloß Zuschauer eines Spiels, die ihre Mannschaften anfeuern.

Die Zombie-Pigmen sind so vertieft in das Geschehen auf dem Spielfeld, dass sie Primo und Kolle gar nicht bemerken, die sich zu den Zuschauern gesellen. Wie die Dorfbewohner benutzen auch die Bewohner des Nether einen Schädel als Spielball, nur ist dieser etwas größer und dunkler als der im Dorf. Einer der Zombie-Pigmen schnappt sich den Schädel, indem er einen langen, hohen Schuss mit dem Oberkörper abfängt, und dribbelt damit geschickt zwischen den Gegnern hindurch auf das Tor zu, neben dem sich Primo und Kolle postiert haben.

„Dau!“, ruft der Spieler plötzlich, lässt den Schädel liegen und rennt auf die beiden zu.

„Dau!“, erwidert Primo und schließt seinen Zombie-Pigman-Freund in die Arme.

Hinter ihnen auf dem Spielfeld entsteht große Aufregung:

„He, und was ist jetzt mit uns?“

„Tooor! Ich hab ein Tor geschossen!“

„Das zählt nicht!“

„Wieso zählt das nicht?“

„Weil Dau nicht auf dem Spielfeld war.“

„Na und? Es dürfen nicht mehr als sechs Spieler in jeder Mannschaft spielen. Weniger ist erlaubt.“

„Ist es nicht!“

„Grunzt wer?“

„Grunze ich!“

„Hört auf zu grunzen und spielt endlich weiter, sonst ...“

Doch niemand achtet auf diese Ermahnung. Die Zuschauer und die meisten Spieler haben inzwischen einen großen Kreis um die beiden Dorfbewohner gebildet.

„Ihr seid zurückgekommen!“, ruft ein Zombie-Pigman. Primo glaubt, in ihm Xoxo vom Clan der Feuertänzer wiederzuerkennen.

„Wir grunzen euch willkommen, Fremde“, sagt Yolo, der Hohepriester der Lavaspringer. „Ihr seid Zeuge unseres großartigen Sieges bei diesem Fußschädel-Turnier ...“

„He, Moment mal!“, unterbricht ihn Oloy, der Priester der Feuertänzer. „Das Spiel ist noch nicht vorbei! Bloß, weil ihr sieben Tore geschossen habt und wir nur eins, habt ihr noch lange nicht gewonnen!“

„Du grunzt Unsinn, Oloy!“, meldet sich einer anderen Zombie-Pigmen zu Wort. „Euer Tor zählt nicht! Dau war nicht auf dem Platz!“

„Es zählt doch!“, widerspricht Oloy. „Die Regeln grunzen ...“

Doch in diesem Moment wird er durch ein lautes „DAU!“ unterbrochen. Sofort kehrt Stille ein. Seit Primo und Kolle das letzte Mal hier waren, scheint Daus Ansehen in beiden Clans erheblich gestiegen zu sein. Sogar die beiden Priester unterbrechen ihn nicht, als er aufgeregt auf Primo und Kolle zeigt und immer wieder „Dau! Dau!“ ruft.

„Ich glaube, er will, dass wir den beiden Fremden zuhören und herausfinden, warum sie erneut zu uns gekommen sind“, übersetzt Xoxo.

„Dau!“

„Ich danke dir, Dau!“, sagt Primo. „Und euch anderen auch. Wir sind hergekommen, weil wir eure Hilfe benötigen. Das Ei, das ihr gefunden habt, ist ein sehr gefährlicher Gegenstand. Wir müssen es zurück ins Ende bringen, woher es stammt, sonst droht unserer Welt eine schreckliche Katastrophe. Um das zu schaffen, benötigen wir Lohenstaub.“

„Dau?“, fragt der Zombie-Pigman.

„Ich glaube, er will wissen, was Lohenstaub ist", mutmaßt Yolo.

„Das wissen wir leider auch nicht so genau", erklärt Kolle. „Wir wissen nur, dass es ein Pulver ist, das aus Lohenruten gewonnen wird, den Überresten getöteter Lohen, und dass es Lohen nur hier im Nether gibt."

„Beim Feuergott!", ruft Yolo erschrocken aus. „Du grunzt doch nicht etwa von Feuergeistern? Dämonen, die aus herumwirbelnden gelben Stäben zu bestehen scheinen?"

„Äh, nun ja, vielleicht. Ich weiß ehrlich gesagt nicht, wie eine Lohe aussieht. Aber die Beschreibung könnte passen, wenn man annimmt, dass diese Stäbe, von denen du sprichst, Lohenruten sind. Könnt ihr uns zeigen, wo es diese Wesen gibt?"

„Sie leben in der Schwarzen Festung", sagt Yolo. „Aber es ist unmöglich, ihnen ihre Ruten wegzunehmen."

„Soll das heißen, man kann sie nicht töten?"

„Das heißt, man *darf* sie nicht töten! Feuergeister sind heilig!"

„Äh, nun, na ja", meint Primo. „Das mit dem Heilig hat schon bei dem Ei nicht so richtig funktioniert, oder? Aber keine Angst, ihr müsst uns nur zeigen, wo wir so eine Lohe finden. Das Töten übernehmen dann wir."

„Auf keinen Fall!", widerspricht Yolo, und auch die anderen Zombie-Pigmen geben empörte Grunzlaute von sich. Selbst Dau scheint schockiert von der Vorstellung, eine Lohe zu töten.

„Na toll!", kommentiert Kolle. „Die sind ja wieder mal eine große Hilfe! Na, dann suchen wir eben allein."

„Dau!"

„Ihr werdet die Schwarze Festung niemals allein finden, Fremde", kommentiert Xoxo, wobei nicht ganz klar ist, ob das eine Übersetzung von Daus Ausruf sein soll.

„Dann helft uns!", bittet Primo.

„Wir werden euch hinführen. Aber nur unter einer Bedingung: Ihr müsst grunzen, dass ihr keine Lohe töten werdet!"

„Aber das können wir nicht", wendet Kolle ein. „Was nützt es uns, eine Lohe zu finden, wenn wir sie nicht töten dürfen? Wir brauchen nun mal eine Lohenrute."

„Ein Problem nach dem anderen", meint Primo. „Lass uns das Angebot annehmen. Vielleicht finden wir einen Weg, an eine Lohenrute zu kommen, ohne dafür eine Lohe töten zu müssen."

„Also schön, wenn du meinst", stimmt Kolle zu.

„Wir versprechen hiermit feierlich, dass wir keine Lohe töten werden", sagt Primo.

„Gut. Wir glauben euch. Dau, der geschickteste Krieger vom Clan der Lavaspringer, wird euch zur Schwarzen Festung führen."

„Und Xolo, die geschickteste Kriegerin vom Clan der Feuertänzer, wird euch ebenfalls begleiten!", wirft Oloy schnell ein.

Primo betrachtet Xolo überrascht. Bisher war ihm nicht klar, dass es männliche und weibliche Zombie-Pigmen gibt. Einen Unterschied zwischen beiden Geschlechtern kann er jedenfalls nicht erkennen. Andererseits, irgendwo müssen ja die kleinen Zombie-Pigmen-Kinder herkommen, die zwischen den Erwachsenen am Spielfeldrand herumwuseln.

„Wir danken euch, Hohepriester", sagt Primo.

„Aber das geht doch nicht!", meldet sich einer der Zombie-Pigmen zu Wort. Ist das Fubar? Die Bewohner des Nether auseinanderzuhalten, fällt Primo schwer.

„Was geht nicht?", fragt Yolo.

„Dau kann nicht mit ihnen gehen."

„Warum nicht?"

„Weil wir dann das Spiel verlieren!"

„Beim Feuergeist, du hast recht! Wir müssen jemand anderen schicken ..."

„Dau!", widerspricht Dau und marschiert einfach los. Primo, Kolle und Xoxo folgen ihm, ohne sich um die Proteste der Lavaspringer zu kümmern.

Sie klettern die Treppe in der Nähe der Clanhöhle hinab, bis sie zu den Lavateichen kommen. Dort wenden sie sich nach rechts und wandern am Ufer des großen Lavasees entlang. An einer Stelle ist der Weg durch einen senkrechten Felsabhang blockiert. Ohne zu zögern steigt Dau in die glühende Lava und watet um das Hindernis herum. Kolle und Primo starren ihn an.

„Dau?"

„Ich glaube, die Fremden können nicht durch Lava gehen, Dau", erklärt Xoxo.

Der Zombie-Pigman schlägt sich an den Kopf, als ärgere er sich über seine Dummheit. „Dau!"

Er kommt zurück, steigt aus der Lava, umfasst Primo mit beiden Armen und hebt ihn hoch.

„He, was ...", ruft Primo, doch da ist Dau schon wieder in die Lava gestiegen. Er trägt den verblüfften Dorfbewohner um den Felsvorsprung herum und setzt ihn dahinter am Ufer ab. Kurz darauf folgt Xoxo, die Kolle auf den Schultern trägt.

„Danke, Dau!", sagt Primo.

„Dau!"

„Ich hab mich nicht mehr so hilflos gefühlt, seit ich ein kleiner Junge war", meint Kolle.

„Jedenfalls ist jetzt klar, dass wir ohne die Hilfe der Zombie-Pigmen niemals unser Ziel erreicht hätten", stellt Primo fest.

Sie setzen ihren Weg fort. Mehrmals können sie Stellen, an denen der Fels senkrecht zur Lava abfällt, nur mit Hilfe von Dau und Xoxo überwinden. Immer wieder sieht sich Primo staunend um. Der Nether ist nicht bloß eine riesige Höhle, wird ihm klar. Es ist eine ganze Welt, die wahrscheinlich genau so groß ist wie die Oberwelt, aus der er kommt. Eindrucksvolle Lavafälle, schroffe Felsen und Leuchtsteine hoch oben verleihen ihrer düsteren Umgebung eine eigentümliche Schönheit. Primo wünscht sich, er könnte diese Eindrücke irgendwie festhalten, um sie mit Golina und den anderen zu teilen.

„Man müsste einen Apparat erfinden, mit dem man Bilder von seiner Umgebung machen kann", meint er und deutet auf eine besonders eindrucksvolle Szene, bei der mehrere Lavafälle nebeneinander von hoch oben herabstürzen.

„Dau!" Primo deutet das als Zustimmung.

„Was für eine verrückte Idee!", kommentiert Kolle. „Wie soll das denn funktionieren?"

„Weiß ich auch nicht. Es müsste ein Apparat sein, der Bilder malt. So wie Golina, nur in klein."

„Du willst eine kleine Golina in eine Kiste setzen, damit sie für dich Bilder malt?"

„Nein, so natürlich nicht. Es müsste eher eine Art Golem sein. Ein unbelebtes Wesen, das für uns arbeitet."

„Ein Golem, der Bilder malt, also wirklich, Primo!“

„Wer weiß, vielleicht gibt es in der Welt der Fremden so ein Ding.“

„Na klar. Wahrscheinlich gibt es da auch Kisten, in die man sich setzen kann und die einen dann herumtragen, damit man nicht selber laufen muss. Warum nicht auch gleich sprechende Maschinen oder Apparate, mit denen man durch die Luft fliegen kann?“

„Das wäre doch praktisch, oder?“

„Praktisch schon, aber so was ist nun mal unmöglich.“

„Woher willst du wissen, was in der Welt der Fremden möglich ist?“

Kolle schnaubt nur. Sie setzen ihren Weg schweigend fort.

Schließlich erreichen sie eine Stelle, an der ein paar Pilze wachsen. Hier klettert Dau das Ufer empor und führt sie durch einen schmalen Durchgang, der natürlichen Ursprungs zu sein scheint. Dahinter liegt eine große Höhle mit einem kleinen Lavasee in der Mitte. Vor ihnen ragt eine gewaltige schwarze Säule auf. Primo sieht sofort, dass es sich dabei nicht um eine natürliche Felsformation handeln kann.

„Wir sind am Ziel“, sagt Xoxo. „Dies ist der Ort, an dem Fubar und Plonk das Heilige Ei gefunden haben.“

7. Die Schwarze Festung

Primo blickt an der riesigen Säule empor, die sich hoch oben in der Dunkelheit verliert. „Hier scheint kein Eingang zu sein. Meinst du, wir müssen da rauf?"

„Keine Ahnung", meint Kolle.

„Dau!", ruft ihr Zombie-Pigman-Führer und zeigt auf eine Öffnung etwas weiter oben an einer steilen Felswand.

„Der Fremde war tatsächlich hier!", stellt Primo fest, als er die von Fackeln beleuchteten Treppenstufen sieht, die sich hinter der Öffnung nach oben erstrecken.

„Stimmt. Er ist hier gestorben!", kommentiert Kolle.

Sie klettern die Treppe hinauf, die in zahllosen Windungen emporführt. Am oberen Ende führt ein kurzer Gang auf einen Weg aus schwarzen Ziegeln, der auf beiden Seiten mit niedrigen Mauern gesichert ist. Einige Leuchtsteine scheinen das alte Gemäuer zu überwuchern.

„Dau!" Es klingt wie eine Warnung.

„Wir müssen vorsichtig sein", erklärt Xoxo. „Die Feuergeister mögen es nicht, wenn man in ihre Festung eindringt. Außerdem gibt es hier Skelette."

„Mit denen werden wir schon fertig", meint Primo. Trotzdem zuckt er zusammen, als er kurz darauf das Klackern von Knochen hört. Und da ist noch etwas anderes, ein unheimliches, metallisches Rauschen wie von einem starken Wind oder dem Atem eines Riesen.

„Was war das?", fragt Kolle.

„Ein Feuergeist", erklärt Xoxo.

Hinter den Leuchtsteinen gelangen sie auf eine Kreuzung. Der Weg geradeaus endet abrupt an einer Abbruchkante. Links verhindert eine Felswand nach ein paar Dutzend Blöcken das Weiterkommen. Also wenden sie sich nach rechts, in die Richtung, aus der das seltsame Rauschen kommt.

„Dau!", sagt ihr Führer.

„Bleibt dicht hinter uns!", übersetzt Xoxo.

Primo und Kolle folgen den beiden. Nach wenigen Schritten ertönt erneut das merkwürdige Geräusch. Über Daus Schulter hinweg sieht Primo einen leuchtend gelben Block, um den herum mehrere Stäbe wirbeln. Dichter Rauch steigt von dem Monster auf.

„Dau!", ruft der Zombie-Pigman.

„Verehrter Feuergeist, wir kommen in Frieden", sagt Xoxo.

Die Lohe stößt ihr metallisches Rauschen aus. Es klingt irgendwie verächtlich. Doch sie greift nicht an.

Langsam gehen die vier Freunde weiter, während das Feuerwesen gemächlich davonschwebt. Sie erreichen eine Abzweigung nach rechts. Links steht auf einer kleinen Treppe ein Käfig. Darin wirbelt eine kleine Lohe im Kreis herum. Während Primo sich noch fragt, wer das Wesen dort eingesperrt haben mag, erscheint plötzlich daneben eine weitere Lohe wie aus dem Nichts.

„Dau!", ruft ihr Führer und rennt den Gang nach rechts entlang.

„Lauft!", übersetzt Xoxo überflüssigerweise. Primo und Kolle hasten hinter ihr her.

Die Lohe macht ein Geräusch, das wie ein Seufzer klingt. Primo sieht über die Schulter eine Feuerkugel heranrasen. Er hat nicht die Zeit, sein Schwert zu ziehen, um sie abzuwehren.

„Runter!", brüllt er und wirft sich auf den Boden.

Kolle tut es ihm gleich. Der Feuerball zischt über sie hinweg und explodiert an der Felswand vor ihnen. Doch nun liegen sie ungeschützt da und das Monster hat freie Schussbahn. Erneut macht es ein Geräusch aus, als hole es tief Luft. Primo versucht, sich zu schützen, indem er den Kopf unter den Armen birgt, doch er weiß, dass ihm das kaum etwas nützen wird.

„Dau!" Im selben Moment, in dem die Lohe einen weiteren Feuerball abschießt, springt der Zombie-Pigman dazwischen. Primo sieht aus dem

Augenwinkel, wie er den Feuerball mit der bloßen Hand ablenkt, so dass er harmlos an der Steinmauer zerplatzt.

„Dau!“, schreit ihr Freund vor Schmerzen.

Primo und Kolle haben keine Zeit, sich zu bedanken. Sie rappeln sich hastig auf und rennen weiter, gefolgt von Dau, der versucht, sie mit seinem Körper vor weiteren Lohenangriffen zu schützen. Der Weg endet nach ein paar Blöcken an einer Ausbuchtung, die von Felswänden umgeben ist, doch zum Glück führt hier eine Treppe in die Tiefe. Die Freunde hasten hinab. Die Lohe scheint ihnen nicht zu folgen.

Im Raum unter der Treppe ist es stockdunkel. Zum Glück hat Primo ausreichend Fackeln dabei. Er hält eine davon hoch, um sich umzusehen. Ein Gang führt aus dem Raum heraus ins Innere der Festung. Ein Stück weiter vorn befindet sich eine Kreuzung.

Sie wenden sich zunächst nach links, landen jedoch nach einer Gangbiegung in einer Sackgasse. Der Gang geradeaus ist sehr lang und führt tiefer ins Innere der Festung. Ein paar rotweiße Pilze wachsen auf dem schwarzen Steinfußboden. Bald erreichen sie eine zweite Kreuzung. Geradeaus und links befinden sich Räume mit Treppen, die nach oben führen. Von rechts erklingt das unheimliche Atemgeräusch einer Lohe. Oder sind es sogar mehrere?

Gerade, als Primo sich nach links wenden will, um herauszufinden, wohin die Treppe dort führt, erscheinen im Gang rechts zwei Lohen und schießen sofort Feuerbälle ab. Primo gelingt es gerade noch, zurück in den Gang zu springen, so dass die Geschosse dicht an ihm vorbei zischen.

„Zurück!“, ruft er und rennt in Richtung der ersten Kreuzung. Als er einen Blick über die Schulter wirft, sieht er, dass die Lohen ihnen folgen. Zum Glück bewegen sich die Monster nicht besonders schnell, so dass die vier Freunde den Abstand vergrößern können. Doch die Lohen bleiben ihnen beharrlich auf den Fersen.

„Ich glaube, das wird so nichts!“, ruft Kolle im Laufen. „Wir sollten so schnell wie möglich aus dieser Festung verschwinden, solange wir es noch können!“

Primo muss ihm zustimmen: Zu glauben, dass sie hier irgendwo zufällig auf Lohenstaub stoßen könnten, war wohl etwas naiv. Doch als sie die erste Kreuzung beinahe erreicht haben, erwartet sie eine böse Überraschung: Die Lohe, die sie als erste angegriffen hatte, ist inzwischen die Treppe heruntergeschwebt und kommt ihnen entgegen. Ihr einziger Fluchtweg ist versperrt!

Das Monster holt Luft und macht sich bereit, einen Feuerball abzuschießen. Genau in diesem Moment erreicht Primo die Kreuzung. Er überlegt blitzschnell:

Hinter ihnen rücken zwei Lohen auf, der Weg nach vorn ist versperrt, rechts ist eine Sackgasse. Also bleibt ihnen nur der Weg nach links.

Atemlos hasten sie den Gang entlang, verfolgt von den drei Feuermonstern. Nach etwa zwei Dutzend Schritten erreichen sie eine weitere Kreuzung. Instinktiv will sich Primo nach rechts wenden, doch der Weg dort ist nach wenigen Blöcken von einer Felswand blockiert. Der Gang geradeaus ist lang und finster. Ein paar braune Pilze sind schwach im flackernden Licht der Fackel erkennbar. Links befindet sich nach einem kurzen Gang ein Raum, der von einem rötlichen Schimmer erhellt ist.

Halb von Neugier, halb von Furcht getrieben entscheidet sich Primo für diesen Weg. Sie erreichen einen quadratischen Raum aus schwarzem Stein mit hohen Wänden und vier Fensteröffnungen auf jeder Seite, die jedoch von außen zugemauert zu sein scheinen. In der Mitte befindet sich ein niedriges Podest mit einem Lavablock in der Mitte.

„Dau!“, ruft der Zombie-Pigman und beugt sein Haupt. Auch Xoxo verneigt sich vor dem Gebilde.

„Was ist das?“, fragt Kolle.

„Ein Heiliger Brunnen!“, erklärt die Zombie-Pigman-Frau.

Primo und Kolle haben zwar nicht allzu viel Ehrfurcht vor Dingen, die andere als heilig bezeichnen, doch zu Ehren ihrer Zombie-Pigmen-Freunde verbeugen sie sich ebenfalls. Mehr Zeit für Ehrerbietungen bleibt ihnen allerdings nicht, denn schon hören sie hinter sich das Rauschen der Lohen, die ihnen immer noch auf den Fersen sind.

Auf der anderen Seite des Raums führt eine Treppe in die Tiefe. Primo hat ein ungutes Gefühl, als er die Stufen hinab steigt, doch ihm bleibt keine andere Wahl. Sie erreichen einen Gang, dessen Wände und Decke vollständig aus schwarzen Ziegeln bestehen. In den Wänden sind Fenster eingelassen, hinter denen jedoch nur der rötliche Felsen zu sehen ist, aus dem der Nether hauptsächlich zu bestehen scheint.

Das Klappern von Knochen erklingt vor ihnen, während hinter ihnen die Lohen heranrauschen.

„Wir sitzen in der Falle!", stellt Kolle fest.

„Ach was, mit ein paar Skeletten werden wir doch locker fertig!", erwidert Primo.

„Dau!", sagt der Zombie-Pigman. Es klingt warnend. Primo wirft einen Blick zu Xoxo, die jedoch schweigt.

Sie umrunden die Gangbiegung nach links, steigen eine zweite Treppe hinab und kurz darauf eine dritte. Je tiefer sie kommen, desto lauter erklingt das Klappern von Knochen vor ihnen. Als sie den Fuß der dritten Treppe erreichen, sehen sie vor sich ein rötliches Glimmen. Zuerst vermutet Primo einen weiteren Lavabrunnen. Doch dann erreichen sie einen Raum mit einer Treppe, die nach oben führt. Links und rechts davon befinden sich Beete mit Pilzen, deren rote Hüte leuchten.

Für einen Moment ist Primo so fasziniert, dass er ganz vergisst, in welcher Gefahr sie sich befinden. „Was ist das denn?", fragt er staunend.

„Das sind Warzenpilze", erklärt Xoxo. „Sie haben Zauberkräfte."

Primo pflückt einige der Leuchtpilze.

„Meinst du nicht, wir haben Besseres zu tun, als jetzt Pilze zu sammeln?", fragt Kolle.

„Wenn wir schon mal hier sind, können wir doch ein paar davon mitnehmen", rechtfertigt sich Primo. „Wer weiß, vielleicht brauchen wir sie noch."

„Klar, damit Ruuna wieder ihren Kuchen nach Spezialrezept backen kann!", grummelt Kolle. „Was jetzt? Da rauf oder weiter den Gang hinter der Treppe entlang?"

Primo klettert die Treppe hinauf, doch die Decke des oberen Raums so niedrig, dass sie dort höchstens kriechen könnten, und einen Ausgang gibt es nicht.

„Hier geht's nicht weiter", erklärt er.

„Dann komm schnell runter!", drängt Kolle.

Kaum ist Primo die Stufen wieder heruntergeklettert, erscheint bereits die erste Lohe.

Sie fliehen durch den Ausgang auf der anderen Seite des Raums. Hinter einem kurzen Gang liegt eine Kreuzung. Aus den Gängen dahinter kommen ihnen drei unheimliche Gestalten entgegen, jede aus einer anderen Richtung. Sie sehen aus wie Knochenmänner, sind jedoch wesentlich größer und bestehen aus dunklen Knochen, die sehr alt wirken. Statt Pfeil und Bogen tragen sie Schwerter.

Dau, der vorauslief, bleibt abrupt stehen. „Dau!", ruft er erschrocken.

Auch Xoxo stößt einen Schreckenslaut aus. „Beim Feuergott, wir sind verloren!"

Wie zur Bestätigung erklingt aus dem Raum mit den Warzenpilzen das Rauschen einer Lohe. Eingeklemmt zwischen zwei übermächtigen Gegnern, sitzen die Freunde in der Falle. Doch Primo hält sich nicht lange damit auf, über ihre Situation zu grübeln. Er zieht sein Schwert.

„Dann komm doch her, Knochenmann!", ruft er und schiebt sich an Dau vorbei. Auch Kolle stellt sich in Angriffsposition.

Die dunklen Skelette heben ihre Schwerter und greifen an. Kolle, dessen Gesicht vor Wut leicht grünlich gefärbt ist, verpasst einem der Knochenmänner einen kräftigen Schlag. Ein paar Knochen fallen ab, doch das Monster greift sofort wieder an.

Primo kann den wuchtigen Schlag seines Gegners nur mühsam parieren. Als das Skelett erneut ausholt, nutzt er die Gelegenheit, um ihm das Schwert zwischen die Rippen zu stoßen. Doch das Monster scheint davon kaum beeindruckt zu sein. Schlimmer noch: Primos Schwert verhakt sich in den Knochen, so dass er es nicht schnell genug herausziehen kann, um den nächsten Angriff abzuwehren.

Das riesige Schwert des schwarzen Knochenmanns saust herab und trifft Primo an der Schulter. Ein schrecklicher Schmerz durchzuckt ihn, und er kann sein Schwert nicht mehr halten. Zu allem Überfluss erklingt nun hinter ihm das Atemgeräusch einer Lohe, unmittelbar gefolgt vom Zischen eines Feuerballs.

Halb vor Schmerz und Erschöpfung, halb, um dem Geschoss zu entgehen, lässt sich Primo zu Boden fallen. Der Feuerball rast über ihn hinweg und trifft das Skelett an der Brust. Es fängt Feuer, scheint jedoch noch lange nicht erledigt zu sein. Es hebt sein Schwert zu einem weiteren Schlag. Primo erwartet den Todesstoß, doch stattdessen stakst es einfach über ihn hinweg und stürzt sich auf die Lohe.

Kolle kämpft inzwischen weiter. Mit ein paar kräftigen Schlägen und Tritten verwandelt er seinen Gegner in einen Haufen dunkler Knochen. Gerade will er sich auf das dritte Skelett stürzen, als erneut das Atemgeräusch einer Lohe erklingt.

„Runter!", ruft Primo.

Kolle wirft sich flach auf den Boden. Ein Feuerball schießt über ihn hinweg und trifft den dritten Knochenmann, der nun ebenfalls die Dorfbewohner ignoriert und sich auf die Lohen stürzt.

Kolle hilft dem verletzten Primo auf und schleppt ihn hinter eine Ecke der Kreuzung. Zusammen mit den verdutzten Zombie-Pigmen beobachten sie die Schlacht zwischen Skeletten und Lohen. Zunächst scheinen die Lohen die Oberhand zu behalten, denn sie schießen eine Feuerball-Salve nach der anderen auf ihre Gegner. Doch die Knochenmänner sind zäh und hacken mit ihren Schwertern auf die Feuergeister ein, was metallische Geräusche wie in der Schmiede von Primos Vater erzeugt. Eine Lohe erlischt, dann eine zweite, doch nun gibt auch eines der Skelette den Geist auf und zerfällt zu einem Knochenhaufen.

Das letzte Skelett und die letzte Lohe liefern sich einen heftigen Kampf auf Leben und Tod. Plötzlich springt Dau hinter der Gangecke hervor und rennt auf die Kämpfenden zu.

„Dau!", ruft Kolle. „Was um Notchs Willen machst du denn da!"

Der Zombie-Pigman antwortet nicht, sondern schlägt mit dem Schwert von hinten auf den Knochenmann ein, bis dieser zusammenbricht.

Entsetzt starrt Primo auf die Lohe, die den Kampf überlebt hat. Er fühlt sich ziemlich elend und weiß, dass ein einziger Feuerball reichen wird, um ihn zu töten.

Statt es anzugreifen, verbeugt sich Dau tief vor dem Monster. „Dau!", ruft er aus.

„Was macht er denn da?", fragt Kolle.

„Er dankt dem Feuergeist für seine Hilfe", erklärt Xoxo.

„Hilfe?", fragt Kolle ungläubig. „Das Monster wollte uns grillen!"

Doch die Lohe scheint keine weiteren Angriffsabsichten zu haben. Sie stößt ein Atemgeräusch aus, dann schwebt sie in Richtung des Raums mit den Warzenpilzen davon.

Dau hebt einige Gegenstände vom Boden auf und bringt sie her: Primos Schwert sowie zwei Stäbe aus gelblichem Material, die von den getöteten Lohen übriggeblieben zu sein scheinen.

„Dau!", sagt er.

„Danke", keucht Primo. Seine Schulter schmerzt schrecklich, und ihm ist übel.

Besorgt beugen sich seine Freunde über ihn. „Was ist mit dir los?", fragt Kolle. „Du siehst ... krank aus!"

„Die Waffen der schwarzen Skelette sind vergiftet“, erklärt Xoxo. „Primo trägt das Gift des schleichenden Todes in sich.“

„Heißt das, er wird sterben?“, fragt Kolle erschrocken.

Xoxo antwortet nicht.

Primo will seinen Freund beruhigen, doch er hat nicht mehr die Kraft dazu. Bunte Lichter tanzen vor seinen Augen, dann versinkt er in tiefe Dunkelheit.

8. Seine Singularität

Es ist finster und schrecklich kalt. Primo liegt auf hartem Untergrund, ohne zu wissen, wo er sich befindet. Im Nether kann er jedenfalls nicht mehr sein, denn dort herrschte eine drückende Hitze.

„Kolle?", fragt er. „Xoxo? Dau?" Doch er erhält keine Antwort.

Er versucht, sich aufzusetzen, doch sein Körper ist einfach zu schwer.

Allmählich entstehen schemenhafte Formen um ihn herum, als tauchten sie langsam aus dunklen Nebelschwaden auf: grünliche Blöcke, schwarze Säulen, die in den finsteren Himmel ragen, schwarze Gestalten mit leuchtenden Augen, die ihn von allen Seiten anstarren.

„Bin ... ich tot?", fragt er ängstlich.

Einer der Endermen tritt vor und beugt sich über ihn. Seine Stimme klingt wie raschelndes Papier. „Wie kannst du tot sein, wenn du nie gelebt hast?"

„Wie bin ich hierhergekommen?", fragt Primo.

„Wo ist hier?", fragt der Enderman zurück.

„Das Ei!", ruft Primo. „Ich habe es bei mir!" Doch er muss feststellen, dass das nicht stimmt: Er hat gar keine Dinge bei sich, weder sein Schwert noch Fackeln oder seinen Proviant. Auch die Leuchtpilze und die Lohenstäbe sind verschwunden, ebenso wie das Ei, das er heimlich in den Nether mitgenommen hat. Er hatte vorgehabt, nicht ins Dorf zurückzukehren, bevor er das schreckliche Ding an seinen Ursprungsort gebracht hat. Doch diese Mission ist nun gescheitert. Wahrscheinlich liegt das Ei immer noch in der Schwarzen Festung im Nether, wo er gestorben ist. Primo hofft, dass es der böse Enderman dort nicht finden wird.

„Du hast versagt!“, stellt der Enderman fest. „Statt das Drachenei hierher an seinen Bestimmungsort zu bringen, hast du es verloren!“

„Es tut mir leid!“, sagt Primo. „Kann ich jetzt ... zurück zu meinen Freunden?“

Die Endermen um ihn herum stoßen seltsame, abgehackte Geräusche aus. Erst nach einem Moment wird Primo klar, dass sie lachen.

Er versucht, sich aufzurichten. Sein Körper ist schwer wie der eines Eisengolems, doch mit aller Kraft gelingt es ihm, sich hinzustellen.

„Was geschieht jetzt mit mir?“, fragt er.

„Das entscheidet Seine Singularität“, sagt der Enderman.

„Wer?“

Zur Antwort bilden die Endermen eine Gasse, durch die eine einzelne schwarze Gestalt auf Primo zu schreitet. Sie unterscheidet sich äußerlich kaum von den anderen Endermen, nur ihre Augen sind anders: Sie leuchten strahlend weiß, und die schwarzen Pupillen fehlen.

„Hallo, Primo“, sagt eine Stimme direkt in seinem Kopf.

„Äh, hallo“, erwidert Primo.

„Mein Name ist f(x)=1/(x-x). Du kannst mich ‚Eure Singularität‘ nennen.“

„Sehr erfreut.“

„Du fragst dich sicher, wo du bist und wie du hierhergekommen bist.“

„Ich nehme an, das hier ist das Ende und ich bin hier, weil ich tot bin.“

„Beides ist falsch“, behauptet Seine Singularität. „Du bist nicht hier, und du bist nicht tot.“

Primo sieht sich verwirrt um. Für ihn sieht es so aus, als stünde er im Ende.

„Wenn ich nicht hier bin und nicht tot, wo bin ich dann?“

„Das kann ich dir nicht sagen.“

„Warum nicht?“

„Weil du es nicht weißt.“

Primo beginnt, sich zu fragen, ob der Enderman mit den weiß leuchtenden Augen verrückt ist.

„Warum bin ich hier?“, versucht er es erneut.

„Wie ich schon sagte bist du nicht hier“, erklärt Seine Singularität.

„Also gut, warum reden wir dann miteinander?“

„Weil du Fragen hast."

„Na großartig! Kann ich denn auch Antworten bekommen?"

„Ja."

Es scheint, als nehme dieser Enderman alles, was Primo sagt, ziemlich wörtlich.

„Warum ist dieses Ei so wichtig?"

„Das Ei ist der Ursprung und das Ziel", erklärt Seine Singularität. „Es ist der Anfang und das Ende. Es enthält alles, was ist."

„Willst du damit sagen, die ganze Welt ist irgendwie im Inneren des Eis?"

„Ich will damit sagen, was ich gesagt habe. Sonst würde ich etwas anderes sagen."

„Aha. Und was passiert, wenn das Ei nicht zurück ins Ende kommt?"

„Die Welt wird vernichtet."

Primo muss an die Vision des Enderdrachen denken, der alles, was er berührte, zerstörte. „Also ist meine Vision wahr gewesen."

Der Enderman antwortet nichts. Nach einem Moment wird Primo klar, dass er keine Frage gestellt hat.

„Ist meine Vision, in der der Enderdrache die Oberwelt zerstörte, wahr gewesen?", fragt er.

„Sie könnte wahr werden."

„Was muss ich tun, um das Ei zu euch zurückzubringen?“

„Wach auf. Baue eine Endertruhe. Öffne sie und nimm die Dinge heraus, die wir hineingelegt haben. Nutze die Enderaugen, um das Portal zu finden und zu aktivieren. Trete allein hindurch. Nur der, der das Ei bringt, kann aus dem Ende in die Oberwelt zurückkehren. Und hüte dich vor $A=R_t(r)*a^x$.“

Das letzte Wort klingt sehr kompliziert und unverständlich. Primo versucht, es auszusprechen: „Artrax? Ist das der böse Enderman?“

„Artrax ist ein Enderman. Er ist ein Abtrünniger. Aus deiner Sicht mag er böse erscheinen. Die Mathematik jedoch kennt kein Gut oder Böse.“

„Die Mathemawas?“

„Mathematik ist die wahre Wissenschaft, die einzig mögliche Quelle der Erkenntnis. Alles, was existiert, ist Mathematik.“

„Aha.“ Primo versteht kein Wort von dem, was der seltsame Enderman ihm erzählt. „Dieser Artrax will die Welt zerstören, also ist er böse!“ Als Seine Singularität nicht antwortet, fügt er eine Frage hinzu: „Warum will er das eigentlich?“

„Er glaubt, durch die Zerstörung der Welt etwas Neues zu schaffen, das schöner, perfekter, abstrakter ist: Die absolute Leere. Er glaubt, nur in der Leere kann man wahren Frieden finden. Möglicherweise hat er recht. Doch wir müssen ihn daran hindern, denn unsere Aufgabe ist es nicht, Frieden zu finden, sondern das Große Rätsel zu ergründen."

„Was denn für ein Rätsel?"

„Das Rätsel unserer Existenz. Es zu lösen ist der Zweck unseres Daseins. Aber natürlich können wir diesen Zweck niemals vollständig erfüllen, denn kein Rätsel kann sich selber lösen."

„Wie kann ich Artrax besiegen?"

„Das kannst du nicht. Er ist viel mächtiger als du und deinesgleichen, und er kann die Armeen der Untoten befehligen. Vermeide den Kampf mit ihm! Sei, wo er nicht ist. Bisher ist es dir gelungen, ihm auszuweichen. Er hat nicht damit gerechnet, dass du in den Nether gehen würdest. Doch er weiß, dass du eines der drei Portale aktivieren musst, um ins Ende zu kommen. Er wird annehmen, dass du den leichtesten Weg nimmst, und diesen blockieren. Also musst du einen schwierigeren suchen. Denke daran, dass die Enderaugen dich immer zu dem Portal führen, das am nächsten liegt."

„Äh, danke. Du ... du hast gerade gesagt, ich soll aufwachen. Wie geht das?"

„Öffne die Augen!"

Primo will den seltsamen Enderman darauf hinweisen, dass seine Augen bereits geöffnet sind, doch im selben Moment merkt er, dass das nicht stimmt: Sie sind fest geschlossen. Also schlägt er sie auf - und blickt in die besorgten Gesichter seiner Freunde, die um ihn versammelt sind: Kolle, Golina, Margi, Ruuna, Willert und sein Vater Porgo.

„Was ... wie ... wo ...?“, fragt er.

Auf den Gesichtern der Umstehenden spiegelt sich Erleichterung. Nur Golinas Miene verfinstert sich. „Du .... du elender Lügner!“, schimpft sie. „Was fällt dir ein, mir solche Angst einzujagen?“ Dann bricht sie in Tränen aus, umarmt Primo und küsst ihn.

„Was ... was ist passiert?“, fragt Primo. „Wie bin ich hierhergekommen?“

„Kolle hat dich getragen“, sagt Margi stolz.

„Na ja, eigentlich waren es Xoxo und Dau, die dich den ganzen Weg von der Festung bis zum Netherportal getragen haben. Ich hab nur das kleine Stück vom Portalausgang bis ins Dorf übernommen.“

„Danke! Was ... was ist in der Festung passiert, nachdem ich ...?“

„Ich dachte, du wärst tot, aber Xoxo meinte, du könntest vielleicht gerettet werden, wenn man dir ein Gegengift einflößt. Also hab ich dich hergebracht. Zum Glück hattest du diese Pilze dabei, die du in der Festung gesammelt hast. Damit konnte Ruuna einen Heiltrank brauen.“

„Und die Lohenruten? Hast du sie mitgenommen?“

„Ja, und nicht nur das! In der Nähe des Orts, wo uns die Skelette angegriffen haben, habe ich eine alte Schatztruhe gefunden. Darin waren drei Diamanten."

„Diamanten? Ehrlich? Vater, du musst daraus eine Diamantenspitzhacke machen, damit wir Obsidian abbauen können, um ..."

„Beruhige dich, Primo", erwidert Porgo. „Das ist schon längst passiert. Wir haben die Endertruhe bereits gebaut, so wie sie in dem Buch beschrieben wurde."

„Und? Was ist drin?"

„Wir haben sie noch nicht geöffnet. Wir dachten, diese Ehre sollte dir überlassen bleiben."

Primo fühlt sich immer noch etwas benommen und hat einen sehr seltsamen Geschmack im Mund – wahrscheinlich von dem Heiltrank, den Ruuna ihm eingeflößt hat. Dennoch setzt er sich auf. Das Ei steht neben seinem Bett.

Als Willert seinen Blick bemerkt, sagt er: „Es war ganz schön leichtsinnig von dir, das Ei mitzunehmen. Wenn der Enderman euch aufgespürt hätte ..."

„Ich wollte nicht, dass er das Dorf noch einmal angreift", verteidigt sich Primo. „Und ich dachte, wir schaffen es vielleicht, das blöde Ding wegzuschaffen, bevor wir ins Dorf zurückkehren."

„Es ehrt dich, dass du Schaden von uns fernhalten wolltest, mein Sohn", sagt Porgo. „Aber das darfst du nicht noch einmal versuchen. Wir können diese schwierige Aufgabe nur bewältigen, wenn wir alle zusammenarbeiten."

Willert nickt. „Ab jetzt werden wir dich auf deiner Mission begleiten."

„Und wenn dieser Enderman noch einmal versucht, das Ei zu stehlen, kann er was erleben!", sagt Golina und hält ein nagelneues Schwert hoch, das Primos Vater für sie geschmiedet haben muss.

„Golina!", entfährt es ihm erschrocken. „Du kannst doch nicht ..."

Golinas Miene verfinstert sich. „Ich kann *was* nicht?" So, wie sie im Moment guckt, sieht sie überhaupt nicht wie das zarte Mädchen aus, in das Primo sich verliebt hat. In ihren Augen funkelt eine Willenskraft, die er dort nicht vermutet hätte. Ihm wird klar, dass die Quelle dieser Kraft dieselbe ist wie die von Kolles erstaunlicher Körperkraft: Wut. Er nimmt sich vor, Golina in Zukunft besser nicht mehr zu ärgern.

In einer Ecke des Raums entdeckt Primo eine schwarze Kiste mit grünlichen Verzierungen. „Ist das die Endertruhe?"

Als sein Vater nickt, steht er auf und wankt auf wackeligen Beinen zu der Truhe. Die anderen halten etwas Abstand, als er sich vorbeugt und den Deckel anhebt. Im Inneren befinden sich die Dinge, die

Primo in seiner Vision gesehen hat: zwölf glasige Kugeln, die wie Augen aussehen, und ein schimmerndes Schwert aus bläulichem Kristall.

„Es ist tatsächlich wahr!“, ruft Willert.

„Unfassbar!“, meint Porgo. „Ein solches Schwert habe ich noch nie gesehen.“

Primo nimmt die Waffe heraus. Sie ist leicht und scheint von einer inneren Kraft erfüllt.

„Pass doch auf, wo du mit dem Ding rumfuchtelst!“, ruft Kolle, dessen Nase Primo nur knapp verfehlt.

„Entschuldigung!“ Er steckt das Schwert ein und nimmt die zwölf Enderaugen aus der Kiste. Sie fühlen sich sehr seltsam an, als vibrierten sie vor Energie.

„Können wir das Ei nicht einfach in die Kiste legen?“, schlägt Margi vor. „Wenn die Endermen Dinge hineinlegen und wir sie herausnehmen können, dann funktioniert das ja vielleicht auch umgekehrt.“

„Gute Idee!“, stimmt Kolle zu. Auch die anderen nicken.

Primo betrachtet das Ei und die Kiste. Die Worte Seiner Singularität gehen ihm durch den Kopf: *Das Ei enthält alles, was ist.* Wenn das stimmt, dann enthält das Ei irgendwie auch die Endertruhe. Was würde passieren, wenn man es hineinlegte? Würde man dann die Truhe in sich selbst verschließen? Bei dem

Versuch, das Gedankenexperiment fortzuführen, wird Primo schwindelig.

Er schüttelt den Kopf. „Nein. Ich glaube, das ist keine gute Idee."

„Warum nicht, mein Sohn?"

„Wenn es so einfach wäre, hätten die Endermen mir gesagt, dass ich das tun soll."

„Er hat recht", sagt Ruuna. „Einfache Dinge sind nie gut. Je komplizierter, desto besser!"

Primo ist sich da nicht so sicher, aber er ist froh, dass Ruuna ihm zustimmt.

„Nun gut", meint Willert. „Die Endermen scheinen zu wissen, was getan werden muss. Immerhin hat bis jetzt alles gestimmt, was Golina und du in euren Träumen gesehen habt. Besser, wir halten uns genau an ihre Anweisungen."

„Dann lasst uns aufbrechen und das Endportal suchen", schlägt Willert vor.

„Au ja, das wird lustig!", ruft Ruuna.

9. Die Falle

„Und wohin gehen wir jetzt?“, fragt Kolle, als sie alle vor Porgos Haus stehen.

„Wir müssen den Enderaugen folgen“, erklärt Margi.

„Und wie macht man das?“

„In dem Buch steht, wenn man eines in die Luft wirft, zeigt es einem die Richtung, in der das nächste Endportal liegt.“

Primo holt ein Auge hervor. Als er es in der Hand hält, scheint es ihn böse anzublicken. Er wirft es hoch. Eigentlich hat er ihm nur wenig Schwung gegeben, so dass es kaum höher als sein Kopf hätte aufsteigen und dann auf den Boden plumpsen müssen. Doch stattdessen schießt das Auge in den Himmel wie einer von Ruunas Feuerzaubern, wobei es eine Spur aus violetten Funken hinterlässt. Es schwebt einen Moment lanq in der Luft und fällt dann herab – genau auf Magolus‘ Kopf, der gerade auf dem Weg in die Kirche ist.

„Was zum Neth... Ich meine, bei Notch! Primo! Natürlich du schon wieder! Was soll dieser Unsinn?“ Angewidert starrt er das Enderauge an, das über seine Schulter herab auf den Boden gekullert ist.

„Entschuldigung, Magolus“, ruft Primo, läuft zu ihm und hebt das Auge rasch auf.

„Was ist das für ein schreckliches Ding?“

„Ein Enderauge.“

„So was will ich nicht in meinem ... ich meine, unserem Dorf haben! Bringt es dorthin, wo es herkommt! Und dieses schreckliche Ei nehmt ihr am besten gleich mit!“

„Genau das haben wir vor, Magolus.“ Gefolgt von seinen Freunden lässt Primo den verdutzten Priester stehen und marschiert in die Richtung, in die das Auge geflogen ist.

Sie gehen an der Schlucht entlang Richtung Westen, durchqueren den Fluss und betreten den Wald, der das Dorf im Norden und Westen umschließt. Hin und wieder wirft Primo das Auge, das ihnen zuverlässig die Richtung weist. Sie folgen dem Lauf des Flusses, bis dieser einen scharfen Knick nach Norden macht. Das Auge weist weiter Richtung Westen. Also durchqueren sie das Gewässer erneut und bahnen sich den Weg durch hügeliges Gelände.

Kurz darauf erreichen sie eine steile Felsformation, die einen großen Hohlraum überragt und so eine offene Höhle bildet. Von oben ergießt sich ein Lavafall. Verglichen mit den Lavafluten des Nether kommt er Primo kümmerlich vor; dennoch ist es ein eindrucksvoller Anblick, den glutheißen Strom hier mitten in einer bewaldeten Landschaft zu sehen.

Als Primo das Auge erneut wirft, fliegt es nicht hoch in die Luft, sondern verschwindet unmittelbar neben dem Lavastrom im Boden.

„Nanu?“, ruft er erschrocken aus.

„Ich glaube, wir sind am Ziel“, meint Margi. „Genau unter uns muss die unterirdische Festung sein, in der das Portal verborgen ist.“

„Und wie kommen wir da hin?“, fragt Kolle.

„Notfalls müssen wir graben“, sagt Porgo und hält eine Spitzhacke hoch. „Aber vielleicht gibt es ja einen natürlichen Weg in die Tiefe, eine Höhle oder so. Lasst uns diesen Felsüberhang mal genauer untersuchen.“ Sie schwärmen aus, um nach einem Zugang in die Unterwelt zu suchen.

„Hier ist ein Loch im Boden!“, ruft Kolle kurz darauf aus. Die anderen eilen zu ihm. Er zeigt auf einen senkrechten Schacht in einer Ecke unterhalb des Felsüberhangs, der offensichtlich künstlichen Ursprungs ist, denn er wird von Fackeln erhellt, und es sind Leitersprossen zu erkennen.

„Der Fremde war hier!“, stellt Primo fest. Er hat plötzlich ein ungutes Gefühl, obwohl er nicht genau weiß, warum.

„Umso besser“, meint Willert. „Das bedeutet, er hat uns den Weg freigemacht und das Endportal schon aktiviert.“

„Dann brauchen wir die vielen Enderaugen ja gar nicht“, stellt Porgo fest. „Wir hätten uns die ganze Mühe mit der Endertruhe sparen können! Wir müssen nur dem Weg des Fremden folgen. Kommt! Willert und ich gehen vor, dann Ruuna, Margi, Golina und Primo. Kolle bildet die Nachhut.“

Primo hat das Gefühl, etwas Wichtiges übersehen zu haben, kommt aber nicht darauf, was es ist. Da er keinen besseren Vorschlag hat, stimmt er zu.

„Achtung!“, ruft Willert, der als Erster die Leiter herabsteigt, von unten herauf. „Das letzte Stück muss man sich fallen lassen.“ Kurz darauf hört man ein Scheppern, als der Einsiedler auf dem Boden landet. Nachdem er sich vergewissert hat, dass keine unmittelbare Gefahr droht, gibt er den anderen das Signal, ihm zu folgen.

Primo erreicht die unterste Leitersprosse als Vorletzter. Ein mulmiges Gefühl befällt ihn, und plötzlich wird ihm schwindelig. Für einen Moment hat er den Eindruck, über einem tiefen Abgrund zu hängen.

„Keine Angst!“, ruft Golina ihm zu. „Es ist nicht so hoch, wie es aussieht!“

Vor seiner Freundin will sich Primo keine Blöße geben, also lässt er die Sprosse los und landet unsanft, aber heile auf dem Steinboden. Erstaunt sieht er sich um. Sie befinden sich im Ausläufer einer natürlichen Höhle, die mit Fackeln erhellt ist. An einer Seite erkennt man Ruinen aus gemauertem, moosbewachsenen Stein und Reste von Metallgittern. Fackeln zwischen den uralten Mauern zeigen, dass der Fremde die unterirdische Festung bereits erkundet hat.

„Seid mal still!", ruft Ruuna.

Alle schweigen.

„Ich höre nichts", stellt Willert fest.

„Eben!", sagt die Hexe.

„Wie meinst du das?"

„Hier müsste es doch von Zombies und Skeletten nur so wimmeln, wenn nicht von Schlimmerem. Aber es ist totenstill."

„Vielleicht hat der Fremde sie alle erledigt?", mutmaßt Porgo.

„Papperlapapp", widerspricht die Hexe. „Es wären doch längst neue Monster erschienen."

„Umso besser", meint Golina. „Dann müssen wir uns nicht auch noch mit Nachtwandlern, Knochenmännern und Knallschleichern herumschlagen. Ich muss allerdings zugeben, ich hatte es mir schwieriger vorgestellt, in die Festung vorzudringen."

Etwas an ihrer Worten kitzelt Primos Erinnerung, und plötzlich fällt ihm die Ermahnung Seiner Singularität wieder ein: *Er wird annehmen, dass du den leichtesten Weg nimmst, und diesen blockieren. Also musst du einen schwierigeren suchen.*

„Lasst uns von hier verschwinden!", sagt Primo. „Schnell!"

Sein Vater sieht ihn verblüfft an. „Verschwinden? Warum denn?"

„Ich habe ein übles Gefühl bei der Sache."

„Nun sei nicht so ein Angsthase!", sagt Golina. „Wir sind den weiten Weg hierhergekommen, nun sollten wir ihn auch bis ans Ende gehen!"

Wieder ist es ausgerechnet die unberechenbare Ruuna, die als Einzige Primos Sichtweise teilt. „Der Junge hat recht!", sagt sie. „Mir gefällt das auch nicht!"

Willert wirft ihr einen skeptischen Blick zu, doch dann nickt er. „Wir sollten uns wenigstens einen Fluchtweg schaffen, bevor wir tiefer in die Festung vordringen. Porgo, hilf mir mal, ein paar Steinblöcke aus der Wand zu schlagen!"

Die beiden bearbeiten die Felswand mit Spitzhacken, bis sie genügend Material haben, um eine kurze Steintreppe zu errichten, die hinauf zur untersten Leitersprosse führt.

„So", meint Porgo. „Sollten wir tatsächlich in Gefahr geraten, können wir ..."

Das charakteristische Geräusch, das das Erscheinen eines Endermans ankündigt, ertönt, und vor den Ruinen der Festung materialisiert sich eine schlanke, schwarze Gestalt.

„Seht ihm nicht in die Augen!", warnt Primo.

Der Enderman sagt etwas in seiner fremdartigen Sprache, macht jedoch keine Anstalten, anzugreifen.

„Vielleicht ist das einer von den Guten, der uns helfen will", meint Kolle.

„Nein, das glaube ich nicht", widerspricht Primo, dem beim Anblick der schwarzen Gestalt eisige Schauer über den Rücken laufen. *Er ist viel mächtiger als du und deinesgleichen, und er kann die Armeen der Untoten befehligen,* hallen die Worte Seiner Singularität durch seinen Kopf. *Vermeide den Kampf mit ihm! Sei, wo er nicht ist.* „Lasst uns lieber verschwinden!"

„Hau ab, Schattenmann!", ruft Ruuna und wirft einen Glaskolben nach dem Wesen.

Der Enderman stößt ein wütendes Fauchen aus, als er von dem Gefäß getroffen wird, das zerplatzt und ihn mit einer schwarzen Flüssigkeit besprenkelt. Dann löst er sich in einer Wolke violetter Funken auf.

„Ha!", ruft Ruuna.

Doch die Freude über den Sieg währt nur kurz, denn plötzlich ruft Kolle: „Knallschleicher! Sie kommen von allen Seiten! Weg hier, schnell!"

Aus der unterirdischen Festung und aus der natürlichen Höhle, in deren Ausläufer sie stehen, nähern sich Dutzende der grünen Monster.

„Primo, du zuerst!", ruft Willert. „Das Ei darf nicht in die Hände des Endermans fallen! Beeil dich, wir versuchen, sie abzuwehren!"

Primo zögert. Die Mädchen sollten sich zuerst in Sicherheit bringen, besonders Golina. Doch die macht keine Anstalten, die Leiter hochzuklettern.

„Nun mach schon!", drängt sie stattdessen. „Beeil dich!"

Primo sieht ein, dass er die Situation nicht besser macht, wenn er bloß dasteht und versucht, ihr den Vortritt zu lassen. Also springt er die Stufen hinauf und hangelt sich an den Leitersprossen nach oben, so schnell er kann. Golina und Margi folgen hinter ihm, dann Ruuna und sein Vater. Willert und Kolle sind immer noch unten in der Höhle, als eine gewaltige Explosion die Felswände erschüttert, so dass Primo vor Schreck beinahe die Leiter loslässt.

„Was ... was war das?", ruft Margi von unten. „Kolle!"

„Weiter!", drängt Porgo unter ihr. „Schnell!"

Primo zwingt sich, nicht darüber nachzudenken, was unten in der Höhle passiert sein mag. Hastig klettert er weiter. Endlich erreicht er den Ausgang des Schachts. Doch der Anblick, der ihn erwartet, lässt ihn vor Schreck erstarren. Oben wartet bereits Artrax auf ihn, umringt von einer Horde von Nachtwandlern und Knochenmännern, die sich in den Schatten des Felsüberhangs drängen.

Primo hatte nicht bedacht, dass sich der Enderman mühelos ohne Zeitverzögerung von einem Ort zum anderen bewegen kann. Jetzt sitzen sie in der Falle!

Er schüttelt die Schreckstarre ab, springt aus dem Schacht und zieht das Diamantschwert. Als Artrax die magisch schimmernde Klinge erblickt, scheint er zu erschrecken. Primo nutzt die Gelegenheit, um sich auf ihn zu stürzen und ihm einen Hieb mit der Klinge zu verpassen.

Der Enderman zischt vor Wut, dann stößt er einen Laut aus, der wie ein Befehl klingt. Die Knochenmänner spannen alle gleichzeitig ihre Bögen und lassen einen Pfeilhagel auf Primo niedergehen. Der wirft sich zur Seite, kann jedoch nicht verhindern, dass er in Schulter und Arm getroffen wird.

Er ignoriert die Schmerzen und will sich erneut auf den Enderman stürzen, doch dieser teleportiert sich einfach in Sicherheit. Zwei Nachtwandler nähern sich Primo mit ausgestreckten Armen von beiden Seiten. Während er noch überlegt, gegen welchen der beiden er sich verteidigen soll, ertönt hinter ihm ein Wutschrei. Golina ist aus dem Schacht geklettert und greift einen der beiden Nachtwandler an. Primo erledigt den anderen mit einem einzigen Hieb seines verzauberten Schwerts.

Die Monster sind deutlich in der Überzahl, doch nachdem auch Margi, Ruuna und Porgo in den Kampf eingreifen, wendet sich die Schlacht zugunsten der Dorfbewohner. Die Nachtwandler und Knochenmänner können nur auf begrenztem Raum agieren, denn nur im Schatten des Felsüberhangs sind sie vor den für sie tödlichen Sonnenstrahlen sicher. So dauert es nicht lange, bis der letzte der Untoten vernichtet ist.

Artrax, der das Geschehen aus sicherer Entfernung beobachtet hat, lässt einen schaurigen Wutschrei erklingen. Dann löst er sich in einer Wolke aus Funken auf.

„Du bist verletzt!", sagt Golina und betrachtet voller Sorge die Pfeile, die aus Primos Körper ragen.

„Ach, das ist nichts", sagt Primo und versucht, sich seine Schmerzen nicht anmerken zu lassen. Doch er lässt es zu, dass Ruuna die Pfeile vorsichtig entfernt, die Verletzungen mit einer übelriechenden und brennenden Paste beschmiert und sie anschließend verbindet.

„Wo sind Kolle und Willert?“, fragt Primo, nachdem seine Wunden notdürftig versorgt sind.

Betroffen gehen die Freunde zu dem Loch im Boden. Die Fackeln wurden anscheinend von der Explosion abgerissen, jedenfalls ist unten nur Finsternis zu erkennen.

„Kolle!“, ruft Margi mit tränenerstickter Stimme. „Oh, mein armer Kolle!“

„Willert!“, sagt Ruuna leise. Sie weint nicht, aber die Trauer um ihren Gefährten ist ihr anzusehen.

Plötzlich meint Primo, im Schacht eine Bewegung wahrzunehmen. Er beugt sich vor. Tatsächlich, da klettert jemand die Leiter herauf! Es ist Willert. Erleichtert fällt ihm Ruuna um den Hals. Kurz darauf taucht auch Kolle aus dem Schacht auf. Er sieht ziemlich lädiert aus, scheint aber nicht lebensbedrohlich verletzt zu sein.

„Was ist passiert?“, fragt Porgo.

„Kolle hat einen Knallschleicher kurz vor dem Explodieren in die Menge der anderen gekickt“, erzählt Willert. „Es gab eine Kettenreaktion. Sie sind alle auf einmal in die Luft geflogen. So eine Explosion habe ich noch nie erlebt! Danach mussten wir die Treppe neu bauen und die Leiter reparieren, deshalb hat es etwas gedauert.“

„Schade“, meint Ruuna.

Alle sehen sie an. „Schade?“, fragt Willert. „Was findest du daran schade?“

„Dass ich nicht dabei war. Das hätte ich gern mit eigenen Augen gesehen!“

Willert schüttelt den Kopf über die seltsamen Vorlieben seiner Hexenfreundin.

Kolle deutet auf die zahlreichen Fleischfetzen und Knochen, die überall herumliegen, und auf Primos notdürftig verbundene Wunden. „Wie es scheint, wart ihr in der Zwischenzeit auch nicht untätig!“

„Artrax hat uns hier aufgelauert, aber wir haben ihn und seine Monsterbande in die Flucht geschlagen“, berichtet Primo stolz.

„Ich fürchte, das wird ihn nicht lange aufhalten“, meint Margi. „Wir sollten besser so schnell wie möglich ins Dorf zurückkehren.“

„Und dann?“, fragt Primo. „Irgendwann wird er das Dorf erneut angreifen. Ich bezweifle, dass uns die Endermen dann noch einmal zu Hilfe kommen.“

„Du hast wahrscheinlich recht“, sagt Margi. „Aber ich habe eine Idee.“

10. Die Festung

Als sie das Dorf erreichen, ist die Sonne bereits untergegangen. Erschöpft sinkt Primo in sein Bett. In der Nacht schläft er unruhig - selbst das kleinste Geräusch lässt ihn hochschrecken und angstvoll in die Dunkelheit lauschen. Doch der befürchtete Großangriff der Monster bleibt aus. Margi hatte offenbar recht: Artrax weiß, dass Primo den Auftrag hat, das Ei ins Ende zu bringen. Er muss nur darauf warten, dass sie einen erneuten Versuch unternehmen und ihm dabei direkt in die Arme laufen.

Auf dem Rückweg hat sie ihnen ihren Plan erklärt: Das ganze Dorf soll einen Scheinangriff auf die unterirdische Festung vornehmen und Artrax' Aufmerksamkeit auf sich ziehen. In der Zwischenzeit sollen Kolle und Primo heimlich eine zweite Festung suchen, das Endportal aktivieren und das Ei ins Ende bringen. Sie habe diese Idee aus einem spannenden Abenteuerbuch, erzählte Margi. Die beiden Helden der Geschichte hätten zwar kein Ei ins Ende bringen müssen, sondern einen Ring zu einem Berg, aber das Prinzip sei schließlich dasselbe.

Sofort erhoben die anderen Einwände gegen diesen Vorschlag. Vor allem Golina gefiel die Idee überhaupt nicht, Primo und Kolle schon wieder allein losziehen zu lassen. Doch schließlich musste auch sie einsehen, dass dies die beste Chance ist, Artrax' Pläne zu vereiteln.

Am nächsten Morgen klopfen Porgo und Willert, der mit Ruuna in Porgos Haus übernachtet hat, an alle Türen und bitten die Dorfbewohner, sich vor der Kirche zu versammeln. Wie erwartet stößt Margis Plan nicht bei allen auf Zustimmung.

„Wir sollen alle das Dorf verlassen?", fragt Kaus, der Bauer. „Und wer kümmert sich dann um mein Getreide?"

„Das wird schon niemand stehlen, während wir weg sind", meint Odun.

„Das sagst du so. Deine Fische, die sind im Wasser und kümmern sich um sich selbst. Aber mein Getreide braucht Aufmerksamkeit und Pflege! Stell dir nur vor, eine von Hakuns Kühen läuft durch meine Felder!"

„Meine Kühe stehen doch ganz woanders auf der Weide", widerspricht der Fleischer.

„Erst letztes Jahr ist eins von den blöden Viechern durch meine Saat getrampelt! Du solltest dir mal ein Beispiel an Odun nehmen: Der hat seine Fische im Griff, die bleiben im Wasser, so sie hingehören."

„Ich geb dir gleich ‚blöde Viecher'! Und bloß, weil Oduns Fische nicht durch dein Getreidefeld laufen, hat er sie noch lange nicht im Griff. Fische kann man ja nicht mal melken."

„Fische melken! So was Blödes hab ich noch nie gehört!", kommentiert Odun.

„Warum sollten wir überhaupt tun, was die Fremde sagt?", keift Birta. „Wer weiß, vielleicht steckt sie mit diesem Artrax unter einer Decke!"

„Im Heiligen Buch steht nichts davon, dass der Enderdrache in der Oberwelt auftauchen kann, und erst recht nicht, dass er die Welt zerstören kann", meint Magolus. „Wahrscheinlich hat Primo bloß schlecht geträumt."

Primo hält eines der Enderaugen hoch. „Ach ja? Und das hier, habe ich das auch geträumt?" Er steckt das Auge weg und zieht das magische Schwert. „Und das hier?"

Die Dorfbewohner starren ihn mit großen Augen an. Die meisten haben kaum je ein Schwert gesehen, geschweige denn ein magisches aus glitzerndem Kristall.

„Diese Gegenstände haben uns die Schattenmänner gegeben, damit wir unsere Aufgabe erfüllen können, das Ei an seinen Ursprungsort zurückzubringen. Wenn wir das nicht tun, wird die Welt zerstört werden, ob das nun im Heiligen Buch steht oder nicht."

„Der Junge hat recht!", ruft Porgo. „Ihr alle habt erlebt, was in der Nacht des Angriffs passiert ist. Wenn ihr nicht wollt, dass das noch einmal geschieht, dann müsst ihr uns helfen. Kaus, ich bin sicher, Hakuns Kühe können bei weitem nicht so viel Schaden an deinen Feldern anrichten wie eine Armee von Nachtwandlern."

Die Diskussion wogt hin und her. Erst, als Porgo vorschlägt, Magolus das Kommando über das Ablenkungsmanöver zu übertragen, stimmt dieser zu und zieht nach und nach auch die anderen Dorfbewohner auf seine Seite.

„Ich weiß ja nicht, ob es so eine gute Idee ist, Magolus das Kommando zu geben", flüstert Primo Kolle zu.

„Ich auch nicht", stimmt sein Freund zu. „Aber Hauptsache, sie machen alle mit."

„Na, hoffentlich geht das gut!"

Als die Diskussion endlich beendet ist, steht die Sonne bereits hoch am Himmel. Damit Artrax das Ablenkungsmanöver nicht gleich durchschaut, verkleiden sich Golina und Margi als Primo und Kolle. Dazu ziehen sie Kutten in derselben Farbe wie die ihrer Freunde an: Golina eine braune und Margi eine weiße. Die Verkleidung ist nicht sehr überzeugend, aber Primo hofft, dass die Dorfbewohner für Endermen alle irgendwie gleich aussehen, so wie auch die Endermen für ihn kaum zu unterscheiden sind.

In der Zwischenzeit stattet Porgo die Männer mit Hacken und Äxten als Waffen aus. Währenddessen bauen die Frauen aus einer Holzkiste eine Attrappe, die dem Drachenei grob ähnelt, und malen sie schwarz an. Angeführt von Magolus und Willert, der ihm den Weg weist, macht sich die Truppe endlich auf den Weg nach Westen.

Zur selben Zeit wandern Primo und Kolle in die entgegengesetzte Richtung, durchqueren den Fluss und marschieren über die östliche Wiese. Als sie auf der Höhe des Lavateichs sind, wirft Primo ein Enderauge in die Luft. Es zischt in Richtung des Dorfs, weist also den Weg zurück zu dem Endportal, das der Fremde bereits geöffnet hat. In dem Buch stand, dass die Enderaugen immer den Weg zum nächstgelegenen Portal weisen. Das bedeutet, dass sie sich noch weiter vom Dorf entfernen müssen, bevor sie nahe genug an einer der anderen unterirdischen Festungen sind.

Also wandern sie über die Ebene, durchqueren den Ostfluss und betreten einen ausgedehnten Birkenwald. Nicht weit vom Fluss entfernt, neben dem Eingang zu einer unterirdischen Höhle, wirft Primo erneut ein Enderauge. Diesmal fliegt es nicht zurück in Richtung des Dorfs, sondern führt sie fast genau Richtung Süden. Sie marschieren durch hügeliges, mit Birken bewachsenes Gelände. Als sie schließlich den Rand des Walds erreichen, steht die Sonne schon sehr niedrig. Ein kleiner See erstreckt sich links zu Füßen einer Bergkette. Dahinter ragen seltsame Felsstrukturen auf.

„Merkwürdig, dass einige dieser Felsen einfach so in der Luft schweben“, meint Primo.

„Was soll daran merkwürdig sein?“, fragt Kolle.

Primo zuckt mit den Schultern. „Weiß ich auch nicht. Es kommt mir einfach irgendwie nicht richtig vor. Egal, wir sollten uns jetzt einen Unterschlupf für die Nacht bauen.“

„Okay.“

Mit Hilfe der Schaufeln und Spitzhacken, die sie dabei haben, graben sie ein Loch in die Hügelwand, beleuchten es mit einer Fackel und dichten es notdürftig mit Erde ab. In dieser Behausung ist es zwar nicht gerade gemütlich, aber sie sind sicher vor Monstern, und die beiden haben schon Schlimmeres überstanden als eine Nacht in einem Erdloch.

Als draußen das erste Tageslicht erkennbar ist, brechen sie auf. Das Enderauge führt sie weiter Richtung Süden, geradewegs in die Berge. Das Bergmassiv ist zum Glück nicht sehr hoch und breit, so dass sie es rasch überquert haben. Dahinter, im Süden, windet sich ein Fluss durch eine waldige

Hügellandschaft. Sie wandern durch den lichten Wald, umrunden einen See und gelangen schließlich an die Küste eines Meeres.

Als Primo erneut ein Enderauge wirft, verschwindet es fast senkrecht im Boden.

„Scheint so, als wären wir am Ziel", meint Kolle.

„Ja." Primo runzelt die Stirn.

„Was ist?", fragt Kolle. „Stört dich etwas?"

„Das Enderauge."

„Was ist damit?"

„Es ist weg."

„Na und? Es hat uns doch hergeführt."

„Ja, aber es ist jetzt schon das Zweite, das wir verloren haben. Ich habe nur noch zehn. Was, wenn das nicht reicht, um das Portal zu aktivieren?"

„Das sehen wir dann. Lass uns erst mal die Festung finden. Am besten, wir fangen mit diesem Loch im Boden dort an."

Das Loch entpuppt sich als Eingang zu einer unterirdischen Höhle, die aus mehreren Gängen besteht. Sie alle führen an verschiedenen Stellen wieder ans Tageslicht.

„Hier ist nirgends eine Festung zu sehen", meint Kolle. „Bist du sicher, dass wir richtig sind? Wirf doch sicherheitshalber noch mal ein Enderauge in die Luft!"

„Ich will nicht noch eins verlieren", widerspricht Primo. „Ich bin sicher, wir sind hier richtig. Die andere Festung lag doch auch viel tiefer. Wir müssen einfach graben."

Er drischt mit der Spitzhacke auf den Steinblock unter seinen Füßen ein.

„Was machst du denn da?", ruft Kolle. „Bist du verrückt?"

„Was denn?"

„Du kannst doch nicht einfach senkrecht nach unten graben! Was, wenn unter dir plötzlich ein Hohlraum ist, oder Lava?"

Primo blickt seinen Freund betreten an. Daran hatte er in der Aufregung nicht gedacht. „Du hast recht. Besser, wir graben uns mit einer Wendeltreppe nach unten."

So machen sie es. Doch auch nach stundenlangem Graben ist noch keine Festung zu sehen.

„Puh!", stöhnt Kolle. „Das ist ganz schön anstrengend. Sollen wir mal eine Pause machen?"

„Was denn? Du machst schon schlapp?", sagt Primo, obwohl er selbst am Ende seiner Kräfte ist. „Du hast doch Nachtwandlerkräfte!"

„Nur, wenn ich wütend bin. Außerdem haben wir jetzt schon zwanzig Blöcke tief gegraben, und von einer Festung immer noch keine Spur! Ich fürchte, wir sind an der falschen ..."

„Sei mal still!“, unterbricht ihn Primo. „Hast du das gehört?“

„Was denn?“

„Ein schrilles Geräusch, wie von einem dieser Flattertiere. Da, da war es wieder!“

„Ja, stimmt. Aber was hat das zu bedeuten?“

„Das bedeutet, dass hier irgendwo ein Hohlraum sein muss, in dem dieses Tier herumflattert. Komm, lass uns noch etwas tiefer graben.“

Also holen sie ihre Spitzhacken wieder hervor und setzen die Arbeit fort. Als sie ein paar Blöcke tiefer sind, hält Primo inne.

„Sieh mal, dieser Felsblock dort. Das sieht nicht aus, als wenn das natürlicher Stein wäre.“

„Du hast recht, das sind Reste einer alten Mauer.“

Hinter der Mauer erklingt dumpf das Stöhnen eines Nachtwandlers.

„Scheint so, als hätten wir die unterirdische Festung doch noch gefunden“, meint Primo.

Sie schlagen einen Durchgang in die Wand. Dahinter kommt ein kleiner, quadratischer Raum zum Vorschein. Eine Wendeltreppe führt in die Tiefe.

„Jetzt müssen wir wenigstens nicht mehr graben“, meint Kolle.

Primo zieht sein magisches Schwert. Es schimmert matt in der Dunkelheit. Die Wendeltreppe endet in einem Raum, von dem mehrere Treppen und Gänge ausgehen. Gerade, als Primo eine Fackel an der Wand befestigen will, huscht ein Schatten aus der Dunkelheit auf ihn zu. Vor Schreck lässt er die Fackel fallen. Doch es ist nur eine Flattermaus, die harmlos um ihre Köpfe herumschwirrt.

„Wenn du schon vor so einem kleinen Tier erschrickst, kann es ja heiter werden!“, meint Kolle. „Wohin sollen wir jetzt gehen?“

Primo wägt die Möglichkeiten ab. Links biegt ein Gang um eine Ecke. Eine Treppe vor ihnen führt nach oben, eine zweite in die Tiefe. Von dort dringt das Stöhnen eines Nachtwandlers herauf.

Er deutet auf die Treppe nach unten. „Vermutlich liegt das Portal in einem tieferen Teil der Festung.“

„Wie du meinst.“

Am Fuß der Treppe befindet sich eine Tür. Als Primo sie öffnet, stürzt sich ein Nachtwandler auf ihn. Doch mit seinem magischen Schwert wird er mühelos mit dem Monster fertig. Mit zwei raschen Hieben streckt er es nieder, ehe Kolle ihm zu Hilfe kommen kann.

Hinter der Tür erstreckt sich ein Gang. Rechts sind Eisentüren in die Wände eingelassen. Dazwischen deuten Eisengitter darauf hin, dass hier vor langer Zeit jemand - oder etwas - eingesperrt war. Die Freunde ignorieren eine Abzweigung nach links und folgen dem Gang in einen schmalen Raum, in dem auf einem Steinpodest eine Truhe steht.

„Eine Schatztruhe!“, entfährt es Primo.

Der Deckel knarzt, als er ihn anhebt. Das Licht der Fackel wird von Metall reflektiert. Doch es sind nur rostige Beinschienen aus Eisen und ein uralter, steinharter Brotlaib darin. Enttäuscht klappt er die Truhe wieder zu.

Von vorn dringt ein schwacher Lichtschein. Als die beiden vorsichtig näher kommen, erblicken sie einen riesigen Raum voller Bücherregale, zwischen denen große Spinnweben hängen. Oben umläuft eine Balustrade die Wände, von der Decke hängt ein großer Leuchter mit Fackeln.

„Schade, dass mein Vater und Margi das nicht sehen können“, meint Kolle. „Vielleicht bringe ich ihnen wenigstens ein paar Bücher mit.“ Er nimmt wahllos uralte, ledergebundene Bände aus den Regalen.

Primo beobachtet ihn nervös. Bisher scheint der Plan zu funktionieren. Doch er fragt sich voller Sorge, wie es den Dorfbewohnern geht, die weit von hier einen Scheinangriff gegen Artrax führen. Vor allem sorgt er sich um Golina.

11. Das Ablenkungsmanöver

Vorsichtig späht Golina hinter dem Baumstamm hervor, der ihr als Sichtschutz dient.

„Siehst du etwas?“, fragt Margi hinter ihr.

„Nein. Keine Spur von Artrax oder irgendwelchen Monstern. Das Loch im Boden scheint unbewacht zu sein. Wenn er überhaupt noch hier ist, dann wartet er sicher unten auf uns.“

„Und was machen wir jetzt?“

„Wir gehen hin und locken ihn aus seinem Versteck. Das war doch dein Plan, oder?“

„Ja“, sagt Margi kleinlaut. Sie weiß genauso gut wie Golina, dass ihr Plan ein Reinfall ist. Doch es bleibt ihnen nichts übrig, als sich daran zu halten – es ist längst zu spät, um Primo und Kolle auf andere Weise zu helfen.

Schon kurz, nachdem die Dorfbewohner unter Magolus' Führung aus dem Dorf aufgebrochen waren, begannen die Probleme. Während sie an der Schlucht entlang Richtung Westen marschierten, waren alle noch guter Dinge, einige machten sogar Scherze. Doch schon, als sie den Fluss erreichten, fingen die Ersten an, zu murren.

„Da soll ich durchgehen?“, fragte Kaus, der Bauer. „Da bekomme ich ja nasse Füße!“

„Dann werden die wenigstens endlich mal sauber“, meinte Hakun.

„Und was, wenn mich ein Fisch beißt?“, fragte Birta.

„Keine Angst, die Fische beißen dich nicht, Birta“, kommentierte Odun. „Du bist denen viel zu giftig.“ Einige der anderen lachten, während Birta schmollte.

„Also, gehen wir jetzt durch den Fluss oder nicht?“, fragte Kolles Vater Nimrod, der sich Sorgen um seinen Sohn machte.

„Wir sollten eine Andacht halten und Notch um Beistand bitten, bevor wir ein solches Wagnis eingehen!“, beschloss Magolus. „Allmächtiger Notch, der du bist im ...“

„So wird das noch nie etwas!“, rief Margi. „Wenn ihr euch schon nicht traut, einen Fluss zu durchqueren, wie soll es dann erst werden, wenn wir auf Monster stoßen?“

Die Augen vieler Dorfbewohner weiteten sich entsetzt.

„Monster? Was für Monster?“, rief Kaus.

Margi, die erkannte, dass sie einen Fehler gemacht hatte, warf einen hilfesuchenden Blick zu Porgo.

„Keine Angst, wir müssen nicht wirklich kämpfen“, rief der Dorfschmied. „Wir tun nur so, als ob. Das ist schließlich nur ein Ablenkungsmanöver.“

„Hoffentlich wissen das die Monster auch“, meinte Kaus.

Golina seufzte innerlich. Es war ja gerade der Plan, dass der böse Enderman nicht merkte, dass es nur ein Ablenkungsmanöver war. „Das kann ja heiter werden!“, flüsterte sie Margi zu.

„Ja, ich weiß“, gab Kolles Freundin zurück. „Ich fürchte, mein Plan war nicht so eine gute Idee. Aber jetzt gibt es kein Zurück mehr.“

Mit diesen Worten sprang sie in den Fluss, kletterte auf der anderen Seite ans Ufer und winkte ihnen aufmunternd zu. Golina folgte ihr, dann durchquerten auch Porgo, Willert, Ruuna, Odun, Nimrod und seine Frau Delfina sowie Golinas Eltern Bendo und Agia den Fluss. Magolus warf ihnen einen missbilligenden Blick zu, watete dann aber ebenfalls durch das Wasser, offenbar aus Sorge, seine Führungsrolle könne ihm abhandenkommen. Nachdem auch der Priester bewiesen hatte, dass das Durchqueren des Flusses nicht mit akuter Lebensgefahr verbunden war, rangen sich schließlich auch die anderen dazu durch.

Doch je weiter sie sich vom Dorf entfernten, desto größer wurde die Unruhe unter den Dorfbewohnern. Immer häufiger sahen sie sich angstvoll um.

„Und du bist sicher, dass das der richtige Weg ist?“, fragte Hakun Magolus, während sie am Flussufer entlang marschierten.

„Das ist der richtige Weg“, bestätigte Willert, der neben Magolus ging.

„Dich habe ich nicht gefragt, Fremder!“

„Willert ist kein Fremder!“, widersprach Porgo.

„Er lebt nicht mehr im Dorf, also ist er auch keiner von uns mehr!“, beharrte Hakun.

Golina konnte sehen, wie Porgos Gesicht vor Wut rot wurde, doch er hielt sich zurück.

„Ich werde Notch um eine Eingebung bitten!“, entschied der Priester. Er breitete die Arme aus und hob den Kopf zum Himmel. „Allmächtiger Notch, der du bist im ...“

„Seht mal, die Sonne hat den Zenit schon überschritten“, rief Kaus, der seinen Blick ebenfalls zum Himmel erhoben hatte. „Wenn wir nicht bald umkehren, schaffen wir es bis zum Einbruch der Dunkelheit nicht zurück bis zum Dorf!“

Golina warf einen Blick zurück. Es war erst ein paar Minuten her, dass sie einer Flussbiegung gefolgt waren und die Hausdächer damit aus dem Blickfeld verschwunden waren. Doch Kaus‘ absurde

Behauptung erzeugte große Unruhe unter den Dorfbewohnern.

„Ich hab ganz vergessen, dass ich noch ein Hühnchen im Ofen habe!“, behauptete Hakun. „Ich muss schnell noch mal zurück. Geht schon mal vor, ich komme dann nach.“

„Ich begleite dich“, sagte Kaus. „Ich will sichergehen, dass deine Kühe nicht durch meine Felder trampeln.“

„Ich komme auch mit“, entschied Jarga, die Schäferin. „Meine Schafe machen sich sicher schon Sorgen, wo ich bleibe. Sie sind so ungern allein.“

„Ihr elenden Feiglinge!“, rief Porgo. „Wollt ihr wirklich Primo und Kolle im Stich lassen?“

„Lass sie“, meinte Willert. „Die ganze Idee funktioniert sowieso nicht. Oder meinst du, Artrax lässt sich von so einem Haufen beeindrucken? Die rennen doch sofort weg, wenn er auftaucht!“

„Wahrscheinlich hast du recht. Dann gehen wir eben allein weiter.“

„Kommt nicht infrage!“, entschied Magolus. „Ich habe immer noch das Kommando über diese Expedition. Entweder, wir gehen alle, oder es geht keiner! Und so, wie es aussieht, bleibt uns wohl nichts anderes übrig, als umzukehren.“

„Das können wir nicht zulassen!“, protestierte Golina. „Primo und Kolle verlassen sich auf uns!“

Ihr Vater fasste sie am Arm. „Beruhige dich, meine Tochter. Mit Notchs Hilfe werden es die beiden schon schaffen."

„Vielleicht ist es wirklich besser, umzukehren", flüsterte Margi ihr zu. „Mit ein bisschen Glück denkt Artrax, dass das Ei noch im Dorf ist, und greift uns in der Nacht an, um es zu holen!"

„Mit ein bisschen Glück greift er uns an?", fragte Golina und dachte mit Schaudern an den letzten Angriff der Monsterhorde. Doch dann nickte sie. „Wahrscheinlich hast du recht. Im Dorf können wir uns wenigstens auf einen Angriff vorbereiten." Laut sagte sie: „Also schön, Vater, lasst uns umkehren."

Willert und Porgo wirkten geschockt, doch als Margi ihnen die geänderte Taktik erklärte, stimmten auch sie zu.

Als sie das Dorf erreichten, stand die Sonne immer noch hoch am Himmel. So hatten sie Zeit, Vorkehrungen für einen nächtlichen Angriff zu treffen. Sie beschlossen nach einiger Diskussion, die Nacht alle gemeinsam in der Kirche zu verbringen. Das Gebäude aus massivem Stein hatte nur eine Tür, die Porgo und Willert verteidigen würden. So wären sie selbst vor einer großen Übermacht von Nachtwandlern einigermaßen sicher und könnten bis zum Morgen durchhalten, wenn die Sonne den Monstern den Garaus machte.

Es war ziemlich eng in dem kleinen Gotteshaus. Golina und Margi verbrachten den größten Teil der Nacht oben auf dem Turm und hielten Ausschau nach Artrax und seiner Monsterarmee. Doch außer dem einen oder anderen Nachtwandler, der um das Dorf herumschlich, blieb es ruhig. Als die Sonne aufging, war Golina in großer Sorge. Sie beschloss, gemeinsam mit Margi, Ruuna, Willert und Porgo noch einmal zu der Festung zu gehen, um zu sehen, ob Artrax immer noch dort war. Wenn ja, wollten sie ihn aus seinem Versteck locken und dann zurück zum Dorf fliehen, um ihn dorthin zu locken.

Sollte sich jedoch herausstellen, dass Artrax die Festung mit dem aktivierten Endportal nicht mehr bewachte, konnten sie nichts tun, um ihren Freunden zu helfen. Dann wären die beiden im Kampf mit dem übermächtigen Enderman ganz auf sich allein gestellt.

Golina tritt hinter dem Baum hervor und geht auf das Loch im Boden zu. Die anderen kommen ebenfalls aus ihren Verstecken und folgen ihr. Sie hält die Attrappe des Eis hoch. „Artrax!“, ruft sie. „Komm und hol dir das Ei, wenn du dich traust!“ Es klingt mutiger, als sie sich fühlt.

Als sich nichts rührt, steckt sie das Ei wieder weg, enttäuscht und erleichtert zugleich.

„Und jetzt?“, fragt Margi.

„Wir müssen runter in das Loch und nachsehen, ob er noch da ist!“, meint Golina.

„Kommt nicht infrage!“, widerspricht Willert. „Da unten sitzen wir in der Falle. Wir können von Glück sagen, dass beim letzten Mal niemand gestorben ist.“

„Willert hat recht“, meint Porgo. „Wir können nichts tun. In das Loch zu klettern, wäre Selbstmord. Das nützt weder Primo noch Kolle etwas.“

„Aber wir müssen ihn irgendwie da rauslocken!“, beharrt Golina.

„Falls er noch hier ist“, meint Willert düster.

„Wenn er noch da ist, werden wir das gleich wissen“, meint Ruuna und holt einen Glaskolben mit einer gelblichen Flüssigkeit hervor.

„Was ist das?“, fragt Golina.

„Ein Experiment“, erklärt die Hexe. „Eigentlich wollte ich einen bezaubernden Duft herstellen, wie von tausend wunderschönen Blumen. Hat nicht so ganz geklappt. Tretet mal ein paar Schritte zurück.“ Sie lässt den Glaskolben in das Loch plumpsen.

Nach einem Moment steigen gelbliche Dämpfe aus dem Loch auf, und es breitet sich ein entsetzlicher Gestank aus. Golina wird übel. Erschrocken kneift sie sich die Nase zu. Aus dem Loch ist das Stöhnen von

Nachtwandlern zu hören, gemischt mit seltsamen, röchelnden Lauten.

Ein Brummen ertönt, und in einer Wolke aus violetten Funken erscheint eine Gestalt neben dem Loch. Ihr Körper ist schwarz wie immer, doch das Gesicht wirkt eher grau und das violette Leuchten ihrer Augen blass. Der Enderman stößt ein würgendes Geräusch aus.

Golina jubelt innerlich, weil Artrax immer noch hier ist. Doch gleichzeitig bekommt sie Angst. Dieses Wesen ist mächtiger als Nachtwandler und Knochenmänner!

Willert und Porgo ziehen ihre Schwerter und stellen sich schützend vor Golina und Margi. Ruuna hält eine weitere Glasflasche mit der stinkenden Flüssigkeit hoch. „Na, willst du noch ein bisschen an diesem süßen Duft schnuppern?“, ruft sie.

Golina achtet darauf, dem Enderman nicht in die Augen zu sehen. „Du willst das Ei, ja?“, ruft sie. „Dann komm doch und hol es dir!“

„Vorsicht, Golina!“, zischt Willert. „Provoziere ihn nicht noch mehr!“

Doch Golina ignoriert die Warnung. Schließlich sind sie hergekommen, um den Enderman abzulenken. Sie hält die Ei-Attrappe hoch. „Hier, ist es das, was du willst?“

Der Enderman stößt einen Wutschrei aus, der Golina erschaudern lässt. Dann verschwindet er in einer Wolke von Funken, nur um im nächsten Moment direkt vor ihr aufzutauchen. Willert und Porgo sind so überrascht, dass sie vor Schreck erstarren, anstatt ihn mit ihren Schwertern anzugreifen.

Die schwarze Gestalt holt mit ihrem langen Arm zum Schlag aus. Golina lässt das Ei fallen und hebt die Arme schützend über ihren Kopf. Doch der Enderman schlägt sie nicht. Stattdessen schnappt er sich das Ei, stößt ein triumphierendes Geräusch aus und teleportiert sich damit ein Dutzend Blöcke weit weg. Im nächsten Moment entfährt ihm ein langgezogener Wutschrei, und er beginnt zu zittern, als wolle er gleich explodieren wie ein Knallschleicher. Offensichtlich hat er gemerkt, dass das Ei nur eine Attrappe ist, und das Ablenkungsmanöver durchschaut. Gleich wird er sich wegteleportieren, vielleicht direkt zu Primo und Kolle! Wenn sie den beiden helfen will, kann Golina jetzt nur noch eines tun.

Sie hebt den Blick und sieht Artrax direkt in die Augen.

12. Das Endportal

„Komm endlich! Wir sind nicht hier, um Bücher zu lesen!“, sagt Primo ungeduldig. Das Klappern von Knochen und das Stöhnen eines Nachtwandlers machen ihn nervös.

„Nur einen Moment noch!“, sagt Kolle. „Das hier ... ist einfach unglaublich! So viele Bücher! So viele Geheimnisse!“

„Ja, und so viele Monster! Willst du warten, bis der Enderman merkt, dass er reingelegt wurde?“

„Schon gut, ich komme ja!“ Kolle rafft schnell noch drei Bücher zusammen, wobei er an den klebrigen Spinnweben hängenbleibt. Bis er sich daraus befreit hat, vergeht weitere wertvolle Zeit.

Neben dem Eingang zur Bibliothek befindet sich eine Metalltür, hinter der das Rauschen von Wasser zu hören ist. Als Primo einen Kopf in der Wand drückt, öffnet sie sich mit einem knirschenden Geräusch. Dahinter liegt ein kurzer Gang, der in einen Raum mit einem quadratischen Brunnen führt. Das Wasser darin sprudelt in einer Fontäne nach oben.

Bevor sie den Springbrunnen erreichen, wanken ihnen zwei Nachtwandler entgegen. Kolle verpasst einem der beiden einen Kinnhaken, der ihn mitten in den Brunnen befördert, während Primo den anderen mit dem Schwert erledigt. Doch damit fangen ihre Schwierigkeiten erst an.

Hinter dem Raum mit dem Brunnen liegt ein weiterer Raum, aus dem ein merkwürdiges Flackern dringt, begleitet von zischenden Geräuschen. Rechts steht eine Metalltür offen, links fehlt ein Teil der Wand. Von dort fliegt ein Pfeil heran und bleibt dicht neben Primo in der Wand stecken.

„Ich glaube, wir nähern uns dem Ziel!", meint Kolle. „Lass uns geradeaus weitergehen!"

Während sie den Brunnen umrunden, kommt das Skelett heran und beschießt sie mit Pfeilen. Gleichzeitig nähert sich von rechts ein Knallschleicher. Kolle versucht, ihm den Weg zu blockieren, in dem er auf den Knopf neben der geöffneten Metalltür drückt. Die Tür schließt sich, springt jedoch kurz darauf von selbst wieder auf.

Primo betritt den nächsten Raum. In der Mitte befindet sich eine kurze Treppe, auf deren oberster Stufe ein Käfig steht. Darin rotiert rasend schnell ein winziges, silbrig glänzendes Wesen, das ein wenig wie ein Fisch aussieht. Mehrere dieser Tiere wuseln mit wackelnden Bewegungen ihrer länglichen Körper auf dem Boden herum. Sie wirken recht harmlos.

Hinter der Treppe schwebt über einem Becken aus Lava ein seltsamer Rahmen aus grünlichem Stein in der Luft.

„Das muss es sein!“, ruft Primo. „Das Portal! Aua!“

Eines der kleinen Wesen hat ihn ins Bein gebissen. So harmlos, wie er dachte, sind sie also doch nicht. Primo erledigt es mit einem schnellen Schwerthieb. Als das Wesen stirbt, stößt es ein schrilles Zischen aus. Im Nu wuseln zwei weitere der Fischmonster heran.

„Kümmere du dich um die Monster hinter uns, ich erledige diese Fischdinger!“, ruft Primo Kolle zu. Doch das erweist sich als leichter gesagt als getan. Jedes Mal, wenn Primo eines der kleinen Biester tötet, scheinen dafür zwei neue zu erscheinen, so dass er bald von einem ganzen Schwarm umringt ist. Ein einzelner Biss der Monster ist nicht tödlich, aber so viele können ihn im Nu in Stücke reißen!

„Ich brauche deine Hilfe!“, ruft Primo verzweifelt. „Es werden immer mehr!“

Eine Explosion ertönt, als der Knallschleicher im Nebenraum explodiert. Kurz darauf ist Kolle bei ihm.

Verzweifelt hackt Primo nach den kleinen Monstern, die von allen Seiten auf ihn eindringen. Er spürt, wie seine Kräfte allmählich nachlassen.

„Lass mich das machen!“, ruft Kolle. „Kümmere du dich um das Portal!“

Statt die Monster zu töten, kickt Kolle sie einfach beiseite, so dass sie quer durch den Raum geschleudert werden. Manche landen in den

Lavabecken rechts und links und sterben zischend, doch die meisten kommen einfach wieder herangewuselt. Immerhin werden es dadurch nicht noch mehr.

Primo schubst zwei der Krabbeltiere von der Treppe und klettert hinauf, an dem brennenden Käfig vorbei. Auf der Oberseite hat der Rahmen zwölf Vertiefungen. In drei davon liegen grünliche, halb durchsichtige Kugeln – Enderaugen.

Während Kolle die Monster durch den Raum wirbelt, balanciert Primo auf dem schwebenden Rahmen und füllt die übrigen Vertiefungen mit Enderaugen. Als er das letzte Auge platziert, erscheint in der Mitte eine schwarze, wabernde Fläche. Darin scheinen sich tausende Lichtpunkte zu spiegeln wie Sterne am Nachthimmel.

„Ich gehe jetzt durch das Portal!“, ruft Primo. „Bring du dich in Sicherheit!“

„Ich folge dir!“, ruft Kolle und kämpft sich die Treppe hinauf.

„Nein!“, widerspricht Primo. „Der Enderman hat gesagt, nur einer von uns darf durch das Portal treten! Du musst allein ins Dorf zurückkehren. Versprich mir das!“

„Aber was, wenn Artrax auf der anderen Seite auf dich wartet?“

„Das Risiko müssen wir eingehen. Nur einer von uns kann lebend aus dem Ende zurückkehren – die Anweisungen Seiner Singularität waren eindeutig."

„Also gut. Viel Glück!"

„Dir auch!" Mit diesen Worten springt Primo in die schwarze Fläche.

13. Golinas Kampf

Die Stimme in ihrem Kopf ist kalt und dünn wie ein eisiger Windhauch: „Du hast einen Fehler gemacht! Keine Sterbliche legt sich mit mir an und überlebt es!“

Golinas Blick ist immer noch starr auf die violetten, hypnotisierenden Augen gerichtet. Sie weiß nicht einmal, ob sie in der Lage wäre, wegzusehen, selbst wenn sie es wollte. Doch im Moment denkt sie nur daran, dass Primo und Kolle irgendwo weit weg versuchen, das schreckliche Ei in Sicherheit zu bringen. Um ihren Freund zu schützen, ist sie bereit, alles zu riskieren – auch ihr eigenes Leben.

„Schließe die Augen!“, befiehlt der Schattenmann. Er steht reglos da, doch gleichzeitig scheinen unsichtbare Hände nach ihr zu greifen, in ihren Kopf einzudringen und ihre Gedanken abzutasten. „Lass mich los, und ich lasse dich leben!“

„Niemals, du grässliche Spukgestalt!“, entgegnet Golina. Seltsamerweise hat sie keine Angst mehr. Sie weiß, dass sie nun ohnehin nichts mehr ändern kann. Sie kann nur versuchen, das Monster so lange wie möglich hinzuhalten.

Das violette Glühen intensiviert sich, bis es so grell wird, dass Golina davon bohrende Kopfschmerzen bekommt.

„Keine Sterbliche kann den Blick eines Endermans lange ertragen!“, faucht Atrax.

„Vielleicht aber lange genug!“, entgegnet Golina. „Mein Freund wird das Ei zurück ins Ende bringen, und dann ist dein Spiel aus!“

Artrax faucht vor Wut. Dann wird seine Stimme plötzlich ganz ruhig, und sein Mund verzieht sich zu einem Grinsen, das Golina mehr spürt als sieht. „Dein Freund ist tot, Sterbliche!“

Für einen Moment wird Golina unsicher. Der Drang, den Blick zu senken, ist fast übermächtig. Doch sie widersteht ihm.

„Das sagst du nur, damit ich dich freilasse, Dämon!“

„Endermen lügen niemals. Er hat mit seinem Freund die unterirdische Festung erreicht. Sie haben es gegen alle Widerstände geschafft, das Portal zu aktivieren. Doch gerade, als er hindurchgehen wollte, hat ihn der Pfeil eines Skeletts getroffen. Statt in das Portal zu springen, stürzte er zu Boden, und die Silberfische fielen über ihn her. Sein Freund hat versucht, ihn zu retten, doch es war zu spät. Kurz darauf konnte auch er der Übermacht der Monster nicht mehr standhalten. Das Ei liegt nun unbewacht in der Festung, und ich werde es mir holen, sobald du deinen störrischen Blick abwendest. Wenn du jetzt deine Augen schließt, werde ich den Drachen zunächst andere Teile der Welt zerstören lassen, so dass euer jämmerliches Dorf noch eine Weile verschont bleibt."

Wieder spürt Golina einen Anflug von Unsicherheit. Artrax spricht mit einer Ruhe und Gelassenheit, die nur von absoluter Siegesgewissheit kommen kann. Stimmt es, dass Schattenmänner niemals lügen? Sie kann sich nicht daran erinnern, ob das in dem Buch erwähnt wurde.

„Lass mich los, Sterbliche, oder deine Eltern werden die Ersten sein, die meinen Zorn zu spüren bekommen!"

Die Drohung lässt ihr das Herz gefrieren. Sie darf nicht zulassen, dass ihre Eltern in Gefahr geraten! Doch wer sagt ihr, dass er sie nicht trotzdem tötet, sobald sie ihren Blick abwendet? Was soll sie nur tun? Alles hängt davon ab, ob Artrax die Wahrheit sagt.

„Woher weißt du, was mit Primo und Kolle geschehen ist?", fragt sie in Gedanken.

„Ich kann spüren, was in der Nähe des Eis geschieht", antwortet der Schattenmann.

„Ach ja? Und warum wusstest du dann nicht, dass das Ding, das ich bei mir habe, nur eine Attrappe ist?"

„Das wusste ich sehr wohl, Sterbliche. Ich habe euer erbärmliches Ablenkungsmanöver von Anfang an durchschaut."

„Und weswegen bist du dann hier geblieben und hast dich nicht zu der Festung teleportiert, in die Primo und Kolle das Ei gebracht haben?"

„Ich wusste, was geschehen würde. Ich habe dafür gesorgt, dass die beiden das Portal niemals durchschreiten können. Glaubst du im Ernst, ich würde es zulassen, dass zwei so jämmerliche Gestalten meinen Plan in Gefahr bringen? Ich bin hier geblieben, weil dies mein Hauptquartier ist und ich hier Vorbereitungen für meine Herrschaft über diese Welt treffen muss. Dass die Hexe es mit ihrem Gestank verpestet hat, ist nur eine kleine Unannehmlichkeit für mich. Aber sie wird dafür bezahlen!"

„Was sagen denn die anderen Endermen zu deinen Plänen?"

„Das interessiert mich nicht. Sie haben in dieser Welt keine Macht über mich. Wenn erst der Enderdrache aus dem Ei geschlüpft ist, kann mich niemand mehr aufhalten!" Ein schauerliches, kollerndes Geräusch erklingt in Golinas Kopf, das nur entfernt wie ein Lachen klingt.

Ihre Verzweiflung nimmt zu. Wenn es stimmt, was Artrax sagt, ist alles verloren! Dann können sie ihn nicht mehr aufhalten. Er kann sich einfach zu dem Ei teleportieren, und sie wissen nicht einmal, wo es sich befindet. Es war ein schrecklicher Fehler, Primo und Kolle allein loszuschicken!

Tränen lassen ihren Blick verschwimmen. In dem Versuch, sich von ihr zu befreien, windet sich der Schattenmann hin und her. Sie weiß, dass sie ihn nicht mehr lange festhalten kann. Doch noch gibt sie nicht auf. Rasch blinzelt sie die Tränen beiseite und starrt Artrax weiter tief in die Augen.

„Wenn du alles weißt, was in der Nähe des Eis geschieht, dann weißt du sicher auch, wem es gehörte, nachdem Primo es in unser Dorf gebracht hat?", fragt sie.

Zum ersten Mal, seit sie ihren Blick in seinen versenkt hat, wirkt Artrax verunsichert. „Das Ei gehörte dem, der es fand!", antwortet er. „Dem, den du Primo nennst."

Golinas Mund verzieht sich zu einem dünnen Grinsen. „Falsch! Er hat es mir geschenkt. Das Ei war meins, bis wir beschlossen, es dorthin zurückzubringen, woher es kam. So viel zum Thema ‚Endermen lügen niemals', du armseliger Aufschneider! Du bist auf unsere List reingefallen und hast nicht gemerkt, dass das hier nur ein Ablenkungsmanöver war, bis du das falsche Ei in deinen Händen hattest. Alles, was du mir erzählt hast, hast du dir gerade ausgedacht. Du hast keine Ahnung, was mit Primo und Kolle passiert ist. Du weißt nicht mal, wo sie sind, nicht wahr?“

Artrax stößt einen schauerlichen Wutschrei aus. Er zittert und bebt, als er mit aller Macht versucht, aus Golinas bannendem Blick zu entkommen, doch vergeblich.

14. Das Ende

Primo fällt durch bodenlose Finsternis. Es fühlt sich ähnlich an wie das Durchschreiten des Netherportals, doch diesmal ist es nicht nach ein paar Sekunden vorbei. Es scheint, als gäbe es gar keine andere Seite. Nach einer Weile fragt er sich, ob er nicht einen schrecklichen Fehler gemacht hat. Vielleicht hat er eines der Enderaugen falsch eingesetzt. Vielleicht hat das Ei die Funktion des Portals gestört, und er ist in einer Zwischenwelt gefangen, in der es nichts gibt außer ewiger Finsternis.

Gerade, als er sich sicher ist, dass etwas katastrophal schief gegangen sein muss, taucht vor ihm ein winziger, grünlich-grauer Fleck aus der Finsternis auf. Das Gebilde wird rasch größer, und bald erkennt er, dass es sich um eine Insel handelt, die in der endlosen Dunkelheit schwebt. Zahllose schwarze Säulen ragen wie Nadeln in die Höhe. Hunderte von Endermen sind als winzige Punkte zu erkennen.

Ich stürze ab!, denkt Primo erschrocken. *Bei Notch, wie soll ich das überleben?*

Es gibt nichts, was er tun kann, um seinen Sturz aufzuhalten. Nur noch Sekunden trennen ihn von einem Aufprall, der ihn zerschmettern wird. Doch dann steht er unvermittelt auf der grüngrauen Ebene des Endes, ohne auch nur einen leichten Stoß zu spüren.

Endermen umringen ihn von allen Seiten. Es sind so viele, dass es unmöglich ist, ihren Blicken auszuweichen, ohne die Augen fest zu schließen. Doch sie sehen ihn nur stumm an. Nach einem Moment entsteht Unruhe, und ein weiterer Enderman bahnt sich einen Weg durch die Menge. Primo erkennt ihn sofort an seinen weiß leuchtenden Augen.

„Eure Singularität!", sagt er und verneigt sich.

„Sterblicher!", antwortet der Enderman. „Du hast deine Aufgabe erfüllt. Nun gib mir das Ei!"

Primo reicht ihm das Objekt, dessentwegen er solche Strapazen auf sich nehmen musste. Seine Singularität nimmt das Ei vorsichtig in seine langen Arme und hält es hoch über den Kopf. Etwas wie ein Aufschrei geht durch die Menge der Endermen, ein seltsames, unheimliches Geräusch. Primo könnte nicht sagen, ob es Freude, Wut oder Entsetzen ausdrücken soll.

Der Hohepriester der Endermen trägt das Ei voran, während die anderen ihm in einer langen Prozession folgen. Primo schließt sich ihnen an.

Sie erreichen den seltsamen Springbrunnen, den Primo aus seiner Vision wiedererkennt. Das Wasser darin scheint eine Unzahl von Sternen zu spiegeln, obwohl keine am Himmel zu sehen sind. Von hier hat der Fremde das Ei gestohlen. Er brauchte dafür eine Leiter, doch die Arme Seiner Singularität sind lang genug, um das Ei zurück auf die Säule in der Mitte zu setzen.

Einen Moment lang stehen die Endermen nur da und starren ehrfürchtig auf das Ei, das nun wieder an seinen Ursprungsort zurückgekehrt ist. Dann stimmen sie einen fremdartigen, rhythmischen Singsang an, der immer lauter wird.

Plötzlich beginnen die Kristalle hoch oben auf den schwarzen Säulen zu leuchten. Dünne Lichtstrahlen tasten durch die Nacht, bis sie schließlich das Ei finden und sich daran festhalten. Als sich die Strahlen aller Säulen auf das Ei bündeln, beginnt es violett zu glühen und schwillt an, bis es Risse bekommt und aufplatzt. Aus seinem Inneren dringt Licht, das so grell ist, dass Primo schützend den Arm vor die Augen hält.

Das Licht weitet sich zu einer glühenden Wolke und verblasst. An seiner Stelle schwebt nun ein Wesen, dessen Anblick Primo vor Schreck erbleichen lässt. Es ist schwarz wie der Himmel und so groß wie ein Haus, mit breiten, ledrigen Flügeln, einem langen Schwanz und einem dünnen Hals.

Der Enderdrache dreht seinen Kopf und starrt Primo mit seinen glühenden Augen an. Dann wendet er sich ab, schlägt mit seinen mächtigen Schwingen und erhebt sich in die Luft, während der Singsang der Endermen in einer letzten, jubelnden Note endet. Der Brunnen, auf dem das Ei lag, ist verschwunden, und damit auch jede Möglichkeit, in die Oberwelt zurückzukehren.

Während sich die schwarzen Gestalten zerstreuen, kommt Seine Singularität auf Primo zu. Nun ist er es, der sein Haupt neigt.

„Wir danken dir, Sterblicher!", sagt er. „Du hast großes Unheil von deiner und unserer Welt abgewendet."

„Kann ich ... jetzt zurück?", fragt Primo.

„Natürlich. Komm zu mir."

Zögernd geht Primo auf den Anführer der Endermen zu.

„Nun umfasse mich mit deinen Armen."

Verwirrt leistet er der Aufforderung Folge. Seine Singularität umarmt seinerseits Primo. Für einen Moment stehen sie so da, als seien sie ein merkwürdiges Liebespaar. Dann verschwindet plötzlich die düstere Welt des Endes in einem Wirbel von violetten Punkten. Als sich der Wirbel auflöst, befindet sich Primo direkt neben seinem Bett in seinem Elternhaus. Der Enderman steht neben ihm.

„Geh nun zu ihr!“, flüstert die Stimme Seiner Singularität in Primos Kopf. „Sie braucht deine Hilfe!“

Bevor Primo fragen kann, was er damit meint, ist der Enderman verschwunden.

„Vater?“, ruft Primo. „Golina? Kolle?“ Doch er erhält keine Antwort.

Besorgt tritt er aus dem Haus. Das Dorf wirkt friedlich, doch es ist niemand zu sehen. Er klopft an die Haustür seiner Nachbarn.

Golinas Mutter Agia öffnet. „Primo! Du bist zurück! Hast du das Ei in Sicherheit gebracht?“

„Ja. Wo ist Golina?“

„Sie ist mit Margi, Ruuna, Willert und deinem Vater gegangen, um den bösen Enderman abzulenken.“

„Und wieso seid ihr nicht bei ihr? Das ganze Dorf sollte doch mithelfen!“

Agia senkt beschämt den Blick. „Es scheint, als seien wir einfachen Dorfbewohner nicht für solche Abenteuer geschaffen.“

Nun ist Primo ernsthaft beunruhigt. Seine Singularität hat gesagt, dass Golina seine Hilfe braucht. Sie ist in Gefahr! Er rennt an der Schlucht entlang, durchquert den Fluss, folgt dem Ufer bis zu der scharfen Biegung, durchquert ihn erneut und marschiert durch hügeliges Gelände zu dem Berg mit dem Lavafall. Dort sieht er seinen Vater, Willert, Margi und Ruuna im Kreis um Golina und Artrax versammelt. Die beiden stehen reglos da und sehen sich in die Augen wie ein glückliches Liebespaar.

„Golina!“, ruft Primo.

Überrascht drehen sich die Freunde um. Auch Golina wendet sich ihm zu. „Primo!“, ruft sie erfreut.

Doch das ist ein Fehler. Der Enderman, der nun nicht mehr durch Golinas Blick gebannt ist, hebt seinen langen Arm und lässt ihn auf Golina herabsausen, die getroffen zusammenbricht.

Mit einem Wutschrei zieht Primo das magische Schwert und stürzt sich auf Artrax. Er verpasst ihm einen heftigen Schlag, der den Enderman vor Schmerz aufschreien lässt, bevor er sich davon teleportiert.

Primo beugt sich über seine Freundin. „Golina!“

Am Boden liegend lächelt sie ihn an. „Hast du ... es geschafft?“ Ihre Stimme klingt schwach.

„Ja!“, sagt Primo. „Aber nur, weil du Artrax aufgehalten hast.“

„Dann ist es gut“, sagt sie leise und schließt die Augen.

Er rüttelt sie an der Schulter. „Golina! Golina, sag doch was!“ Doch sie reagiert nicht mehr.

Verzweifelt wendet sich Primo an Ruuna. „Hilf ihr! Gib ihr einen Heiltrank oder so!“

„Ich habe leider keinen“, sagt die Hexe.

„Wir müssen sie ins Dorf bringen“, sagt Willert.

Primo und sein Vater tragen die bewusstlose Golina, so schnell sie können. Als sie schließlich im Dorf ankommen, ist die Sonne bereits untergegangen. Sie legen das Mädchen auf ihr Bett. Gemeinsam mit ihren Eltern steht Primo neben ihr und wartet auf Ruuna, die zu Willerts Hütte gelaufen ist, um einen Heiltrank zu brauen. Doch als die Hexe schließlich hinzukommt, macht sie ein enttäuschtes Gesicht.

„Es tut mir leid, aber ich habe die nötigen Zutaten nicht finden können. Ich kann leider nichts tun.“

„Aber ... aber wenn wir ihr nicht helfen, wird sie sterben!“, sagt Primo entsetzt.

„Ich kann nun mal nicht zaubern. Jedenfalls nicht sowas.“

„Was für Zutaten brauchst du denn? Wo finde ich die?“

Porgo, der mit Ruuna gekommen ist, legt seine Hand auf Primos Schulter. „Du kannst ihr nicht helfen, mein Sohn. Es ist besser, wir holen Magolus, damit er für sie betet. Vielleicht lässt Notch ein Wunder geschehen.“ Es klingt nicht so, als wenn er daran glaubt.

„Ihr könnt ja beten. Ich werde einen anderen Weg finden, um ihr zu helfen“, sagt Primo und rennt aus dem Haus. Auf der nächtlichen Straße holt er tief Luft. Er hat keine Ahnung, was er machen soll, doch er hielt es nicht mehr aus, nur untätig an ihrem Bett zu stehen.

Ein Nachtwandler stöhnt in der Nähe. Das bringt Primo auf einen Gedanken. Er rennt in sein Zimmer, in dem immer noch die Endertruhe steht, kniet davor nieder und beugt sein Haupt.

„Bitte, Eure Singularität, wenn du mich hören kannst, dann hilf mir. Lass nicht zu, dass Golina stirbt. Ich bitte dich!"

Er wartet einen Moment, dann öffnet er vorsichtig den Deckel. Im Inneren der Truhe liegt eine Glasflasche mit einer roten Flüssigkeit.

„Danke!", ruft Primo, springt auf und rennt mit der Flasche zu Golinas Elternhaus. Dabei stößt er fast mit Magolus zusammen, der gerade aus dem Haus kommt.

Beinahe fällt Primo die Flasche aus der Hand. Im letzten Moment kann er sie noch auffangen.

„Pass doch auf!", meckert der Priester. „Und renn hier nicht so herum! Bendo und Agia sind in Trauer um ihre Tochter, die Notch gerade zu sich geholt hat."

„Nein!" Primo schubst den Priester beiseite und stürzt zu Golina. Sie liegt reglos und friedlich da, doch an den gesenkten Köpfen der anderen kann er sehen, dass etwas Schreckliches passiert ist.

„Magolus konnte nur noch ihren Tod feststellen", sagt sein Vater. „Es tut mir leid, mein Sohn. Sie ..."

Primo hört nicht weiter zu. Er beugt sich über Golina, öffnet ihren Mund und flößt ihr den Trank ein. Dann wartet er einen Moment, doch seine Freundin rührt sich nicht.

Plötzlich erinnert er sich daran, wie Kolle in Ruunas Hütte im Sumpf ebenso reglos da lag, und wie Margi versuchte, ihm den rettenden Trank einzuflößen. Er beugt sich vor und küsst Golina.

Ein Ruck geht durch seine Freundin. Sie hustet, setzt sich ruckartig auf und sieht sich verwundert um. „Was ... Wo bin ich? Wieso bin ich zuhause?" Ein Schatten fällt über ihr Gesicht, als sie sich an die Auseinandersetzung mit Artrax erinnert. „Primo! Du ... hast du ... hab ich es geträumt, oder hast du das Ei wirklich ins Ende gebracht?"

„Das habe ich!", sagt Primo.

Ohne ein weiteres Wort umarmt sie ihn, und sie küssen sich lange.

Die Freude und Erleichterung der versammelten Dorfbewohner sind grenzenlos. Magolus, der kurz darauf hinzukommt, spricht von einem Wunder Notchs, das seine innigen Gebete herbeigeführt hätten. Primo sieht keinen Grund, ihn darauf hinzuweisen, dass es nicht Notch war, der Golina gerettet hat, sondern der Hohepriester der Endermen.

Am Nachmittag des folgenden Tages wankt ein müder Kolle ins Dorf. Er musste den weiten Weg von der unterirdischen Festung allein zu Fuß zurücklegen und ist die ganze Nacht durchmarschiert. Ein paar Nachtwandler und Knochenmänner, die versucht haben, ihn aufzuhalten, haben das bitter bereut.

Margi fällt ihm mit einem Jubelschrei um den Hals. Als er ihr den Bücherstapel überreicht, den er den ganzen Weg von der Festung mitgeschleppt hat, jubelt sie ein zweites Mal. Auch die anderen feiern Kolles Rückkehr ebenso begeistert wie Primos Erfolg und Golinas Rettung. Einmal mehr ist in dem kleinen Dorf am Rande der Schlucht dank des Mutes und Geschicks seiner Bewohner, jedenfalls mancher von ihnen, die würfelige Welt wieder in Ordnung.

Artrax, der Enderman, der diese Welt zerstören wollte, wurde besiegt. Doch er ist nicht vernichtet. Irgendwo in einem dunklen Versteck grübelt er darüber nach, wie es passieren konnte, dass einfache Sterbliche seinen Plan vereitelt haben, und sinnt auf Rache. Früher oder später werden Primo, Kolle und ihre Freunde ihm wieder begegnen, und es wird keine angenehme Begegnung sein.

In einer fernen Dimension sieht Seine Singularität zufrieden zu, wie der neugeborene Enderdrache seine Kreise am nachtschwarzen Himmel zieht und darauf wartet, dass jemand dumm genug ist, ein Endportal zu aktivieren und sich in sein Reich zu wagen. Das stolze Wesen ahnt nicht, dass es seine Existenz einem mutigen Bewohner der Oberwelt zu verdanken hat, der eine schreckliche Katastrophe verhindert hat.

Bevor er sich wieder den ungelösten Problemen der Mathematik zuwendet, denkt der Hohepriester der Endermen einen Moment lang darüber nach, wie seltsam die Wege des Schicksals sein können, und wie überraschend einfach manchmal die Lösung schwieriger Probleme ist. Man könnte es auf eine einfache Formel reduzieren: Ende gut = alles gut.

Aber dann wird ihm klar, dass es so einfach auch wieder nicht ist. Nichts ist jemals wirklich zu Ende. Auf die Bewohner des Dorfs am Rande der Schlucht warten jedenfalls noch weitere Abenteuer, da ist er sich ziemlich sicher. Und auch wenn sich die Endermen nur selten in die Angelegenheiten der Sterblichen einmischen, nimmt er sich vor, hin und wieder mal nachzuschauen, wie es ihnen ergeht.

ENDE

Hinweise zum Erkunden der Schauplätze dieses Buchs in Minecraft (PC-Version)

Die Schauplätze in diesem Buch lassen sich alle in Minecraft besuchen, wenn du den Seed 100200300400500 eingibst (siehe Anleitung am Anfang des Buchs). Um zu den einzelnen Orten zu kommen, musst du allerdings ein wenig graben. Die Koordinaten in der folgenden Tabelle können dir helfen, ans Ziel zu gelangen. Die Angaben sind ungefähre Werte.

Orte in der Oberwelt	**X**	**Y**	**Z**
Der Standort des Netherportals (siehe Band 3 „Der Streit“)	-239	11	-8
Die Position des Schachts, der zur ersten Festung führt	-856	64	-280
Die Stelle, an der Primo und Kolle die Treppe zur zweiten Festung graben	-28	62	640
Das Endportal	7	31	617

Orte im Nether	**X**	**Y**	**Z**
Standort des Netherportals im Nether	-16	13	16
Höhle, in der sich die Netherfestung befindet	-117	45	134
Startpunkt der Erkundung der Netherfestung	-143	80	117
Raum mit Lavabrunnen	-193	74	75
Schatztruhe	-232	52	137

Tipp: Um zu sehen, wo du selbst gerade bist, kannst du in der PC-Version die F3-Taste (Debug-Modus) drücken. Du siehst dann auf der linken Seite den Hinweis „Block“, gefolgt von drei Zahlen. Dies ist deine aktuelle Position. Die erste Zahl ist die X-Koordinate, die zweite deine aktuelle Höhe (Y), die dritte die Z-Koordinate. Wenn du dich drehst, wird dir angezeigt, in welche Richtung du dich bewegst – „Facing west – towards negative x“ bedeutet zum Beispiel, dass der Wert deiner X-Koordinate sinken wird, wenn du geradeaus gehst. Auf diese Weise kannst du dich deinem Ziel nähern. Wenn du im Kreativmodus bist oder Cheats aktiviert hast, kannst du mit dem Cheat /tp auch direkt zu den angegebenen Koordinaten teleportieren. Viel Spaß beim Erkunden der Welt von „Das Dorf“!

Aus manchen Träumen gibt es kein Erwachen ...

Irgendetwas stimmt nicht mit der Welt, in der sich Marko unvermittelt wiederfindet, ohne zu wissen, wer er ist und wie er hierher kam. Erst nach einem Moment erkennt er, was ihn stört: Alles um ihn herum besteht aus Würfeln. Verfolgt von Skeletten, Zombies und explodierenden Gurkenwesen muss Marko einen Ausweg aus der Würfelwelt finden. Denn er ahnt, dass nicht nur sein eigenes Leben bedroht ist ...

Die *Würfelwelt*-Trilogie um Marko, der in der Welt von Minecraft gefangen ist, begeisterte bereits viele tausend Fans weltweit. Bestellbar in jeder Buchhandlung oder bei Amazon. Empfohlen ab 12 Jahren.

13160337R00092

Printed in Poland
by Amazon Fulfillment
Poland Sp. z o.o., Wrocław